ぬくもりの旋律《せんりつ》

岡田真理
Okada Mari

ぬくもりの旋律

プロローグ

夢の中で、彼女は懸命《けんめい》に言葉を発していた。

しかし、何を言っているのか不思議と彼女にも聞こえてこない。

おそらくそれはシンプルな一言で、「ありがとう」とか「また会おうね」とか、そんなものだということは感じ取れる。でも、いくら腹に力を入れて発してみても、言葉は彼女の喉を震わせることもせず、空気のように抜けて消えていってしまう。

当然、伝えたかった相手に届くはずもなく、彼は踵《きびす》を返して行ってしまった。

けたたましい蟬《せみ》の鳴き声がどこからともなく聞こえてきて、次第に大きくなっていく。その声にかき消されるかのように、彼の後ろ姿はどんどん小さくなっていった。

*

――蟬の鳴き声だけが、続いていた。

枕元にある目覚まし時計の針は、ちょうど七時を回るところだった。手を伸ばす前にカチッと音がして、味気ないアラームの電子音が鳴る。

蝉の声って今も昔も変わらないんだなぁ――ぼやけた意識の中でそんなことを思いながら、彼女はアラームを消した。重い体を、ゆっくりと起こす。時計の脇に置いてあったリモコンを摑み、エアコンの電源を入れた。

いつもと同じように歯を磨いて、ぬるめのシャワーで寝汗を流す。ここで歯を磨いたり、シャワーを浴びたりするのがこれで最後だという実感は、まだ湧いてこなかった。

冷蔵庫を開け、一枚だけ残っていた食パンを取り出した。トーストにしてから、瓶の底に沈んでいた苺ジャムの残りを全部のせる。朝食にトーストを食べるのも、これが最後になるのかな――ジャムの甘味を舌に滲ませながら、彼女はふと思う。

キッチンの隅にある棚の上に、小さめのバナナが一本、忘れられたように置いてあった。立ち上がって手に取り、皮の匂いを嗅いでみる。甘ったるい香りが鼻に抜けても、食べる気は起きない。でも、そのまま捨てる気にはなれなくて、皮を剝《む》いて一口だけ食べた。ほんの少し頬が喜ぶのを感じたけれど、もう一口食べたいとまでは思わなかった。

朝食で出たゴミをまとめ、バナナの残りと一緒にビニール袋に入れてドアの脇に置く。振り返り、がらんとした部屋の中を改めて見回した。リビングダイニングに寝室、そして仕事部屋までが一つに収まった十八畳のワンルーム。窓硝子を叩きつけるように響いてくる蝉の声以外は、何も聞こえてこない。何年もここで暮らしたはずなのに、音も匂いも、温度も、すでに存在していないような気がした。

掛け時計の針が、まもなく八時を指そうとしている。ブンイチが九時に車で迎えにきてくれることになっていた。あと一時間ほどかけてゆっくりと支度ができる。予定通りだ。

ローテーブルの上には、きっちりと四隅が揃えられた書類の束が、五センチほどの高さに積まれていた。その脇には、畳んだ衣類と小さなキャリーケースが置いてある。出発の直前に確認しながら詰めるつもりで、どちらも昨晩寝る前に整えておいたのだ。

衣類のほとんどは、もう捨ててしまった。厳選した〝一軍〟の服だけをキャリーケースに一枚ずつ、丁寧に詰めていく。その中に、初めて個展を開いたときのレセプションで着用したターコイズブルーのワンピースも入っていた。ニューヨークに住んでいたころ、ブルックリンのショップで一目惚れした一着だ。

こんなものを着る機会なんて、もうないだろう――そんなことは、彼女自身がいちばんわかっていた。それでも、誰か大切な人に会うことになる可能性も、ゼロとは言い切れない。だから、念のため持っていくと決めていた。

次に、書類の束を手に取る。いちばん上はこのマンションの契約書。ブンイチに渡せば、解約手続きを進めてくれることになっている。その次は著作権の契約書。これも同じくブンイチに託すつもりだ。

「いつか弁護士が必要になったら、ブンイチにお願いするね」

中学生のころ、同級生の彼に冗談で言ったつもりだった。優秀な彼が望み通り敏腕《びんわん》弁護士になることはじゅうぶん想像できたけれど、自分自身がこんなにも世話になるとは、当時は思ってもみなかった。

　書類を一つずつ確認しては、クリアファイルに挟んでトートバッグに入れていく。すると、書類の隙間から、テープで二重に封がされたＢ５サイズの茶封筒が出てきた。手に取ってみると、ちょっと湿気を含んだように感じられる。これまで何度も触れたことがあるからだろう。封をしたテープの端も、少し黒ずんでいる。

　彼女には、引越しのたびにこの封筒を見つけては、こんなものをまだ持っていたのかと思った記憶があった。でも、過去の自分もゴミ箱に捨てることができなかった。いつかそうしてしまったことを後悔するかもしれない。そんな予感がしたからだ。

　自分の人生から、すでに抜け落ちていたはずのピースだと思っていた。でも、実際には今でもこうして自分のそばにあった。ならば、残りの人生も伴走してもらうことにしよう。折れないように、破れないように、誰にも見られないように、その封筒を書類の束の真ん中に挟むようにしてトートバッグに入れた。持っていることすら忘れていたくせに、こんなに大事に扱っているのってなんだか可笑しいな、と彼女は思った。

　荷造りを終え、顔を上げる。棚の上に置いてあった、旧式のファクス付き電話機が目に入った。二十一年前、彼女が中学三年生のときに親に買ってもらったものだ。さすがにもう動かない。

　立ち上がって、そっと触れてみる。無機質な冷たさを指に感じながら、記憶を追いかけた。

あのとき発することのできなかった言葉は、すべて紙に書き出して、このファクスが伝えてくれていた、はずだった。

彼と最後に会ったのは、大学二年のときだ。もう十六年も会っていない。

そういえば、いつか返してもらう約束で、まだ返してもらっていないものがあった。返してもらうときにまた会えるかもしれないと、ほのかな期待を抱いていたのだ。でも、結局会うことはなかった。きっと彼にとって自分という存在は、そんなものだったのだろう。いや、こっちだって忙しい日々に追われて、彼を思い出すことなんかなかったじゃないか。今の自分の状況が彼を思い出させているだけ、感傷的になっているだけだと自分に言い聞かせる。

テーブルの上のスマートフォンが鳴った。画面を確認すると、ブンイチから「あと五分で着くよ」とメッセージが入っていた。

時刻は、まだ八時半だ。中学時代、彼は新聞部の部長で、取材対象者を絶対に待たせてはいけないと常に時間前行動を目標に掲げていた。いまだにその癖が抜け切っていないのかと思うと、呆れてつい笑ってしまう。

ちょっと早すぎるよ——少し前だったら、躊躇《ちゅうちょ》なくそう返信していただろう。でも、ブンイチは彼女の〝新居〟を何日もかけて探してくれたし、家具の後始末もこの部屋の解約もすべてやってくれる。仕事とはいえ、そこまでしてくれる彼に文句は言えない。

一つ大きく息を吐き、立ち上がった。キャリーケースを立たせ、トートバッグの持ち手をぎゅっと摑む。少し早いけれど、もうこの部屋を出よう。マンションの前でブンイチを待たせるのは、やはり気が引ける。でも彼女の体を案じて、「部屋で待っていればいいのに！」と、きっと彼は怒るだろう。

水道、ガス、エアコン、最後にベランダの戸締りを確認する。彼女はドアの前に立ち、振り返ってもう一度部屋の中を見回した。

第一章

――やばい、忘れたかな?

鞄《かばん》の中に手を突っ込んで、隅々に指を滑らせてみる。

ビニール製のパスケースが爪に触れると、安堵《あんど》の息が小さく漏れた。年に何度も足を踏み入れているとはいえ、このメディアパスがないと関係者入口からは球場に入れないし、グラウンドに降りることもできない。

汗の滲んだ首にパスをかけると、月ヶ瀬《つきがせ》直生《なお》は六番ゲートの脇に立つ警備員に挨拶して中に入った。

大阪湾にほど近い場所にあるこの球場では、夏のあいだ高校野球の全国大会が開催される。そのため、プロ野球の三連戦が行われるのは一か月ぶりだ。

八月も終わりに差し掛かったこの時期は、ここでの取材が特にしんどい。海から浜風が吹く日はいいのだが、そうでない日は生温い空気がスタンド全体に滞って、蒸し風呂のようになる。しかも、ほかのプロ野球の本拠地はだいたいどこも冷房の効いた室内に記者席があるのに、この球場は外にあるのだ。夏だけは、ドーム球場に本拠地を構えるチームの記者が心底羨ましくなる。

バックネット裏のスタンド上方にある記者席に行くと、他紙の記者が一人だけ座ってパソコンに向かっていた。彼は直生のほうを見て「おう」と手を上げる。直生も同じように「おう」と応えた。

直生が勤めている現日《げんにち》スポーツの社名タグがついた席は、記者席に五つある。つまり、自分以外にもこのチームを取材している同僚が四人いるということだ。直生はいつも座っている、前から三列目の席に鞄を置いた。一列目がいちばんよく試合を見渡せるのだが、まわりの記者の動きを観察しづらいというデメリットがある。試合中に他紙の記者が不在のときはグラウンドの外で何かが起きているサインなので、その動きを見逃さないためにも三列目くらいがちょうどいい。最後列の四列目は後ろからパソコンを覗き見されるリスクが高いため、できれば避《さ》けたいところだ。

腰を下ろし、メールや資料にさっと目を通した。ＩＣレコーダーとメモ帳を持って、すばやく席を立つ。裏通路の自販機でスポーツ飲料を買い、一気に半分ほど飲んで熱中症に備えた。階段を下りてグラウンドに入っていくと、ホームチームである栄神《えいしん》タイガースの選手たちがぽつりぽつりと姿を見せ始めていた。直生は少し離れたところから小さく手を上げ、馴染みの選手たちに挨拶する。

そこに、昨シーズンからこのチームで抑《おさ》え投手を務めている宮城《みやぎ》峻太朗《しゅんたろう》が姿を現した。記者たちが一瞬、はっとしたように彼を見る。

「宮城さん、お疲れ様です」

誰かが声を掛けると、記者たちはそれに続くように次々と頭を下げた。宮城は羽織っていた練習着の裾《すそ》を照れ臭そうにいじりながら、「お疲れっす」と軽めの挨拶をしてバックスクリーンのほうに歩いていった。

「まさか、宮城があんな立派なクローザーになるとはねぇ」

「意外と向いてたんだな」

そんな声が、どこからともなく聞こえてくる。

中継《なかつ》ぎ投手として安定した成績を収めていた宮城が、抑え投手としてもここまで飛躍するとは、たしかに直生も思っていなかった。

宮城の存在を知ったのは、大学野球を担当していたころのことだ。関東の大学リーグでプロ注目の投手として話題になっていたのだ。

調べてみると、宮城は直生と同じ静岡の出身だった。そこで、宮城がタイガースにドラフト指名された年の冬、帰省した際に宮城の出身高校の監督を訪ね、「宮城くんに渡してください」と自分の名刺を預けた。監督に言われて仕方なく連絡してきたのだろう、電話越しの宮城はとても無愛想だった。

「慣れない関西での生活で困ったことがあれば、いつでも連絡して」

役に立てればと思いつつも、あまりにそっけない宮城の態度に、最低限のことだけ伝えて電話を切った。

おせっかいだったかなと反省したが、一週間も経たないうちに宮城がまた電話をかけてきた。球団の寮に引っ越してきて、ちょうど新人合同自主トレに参加していたころだ。一緒に食事がしたいという、思いがけない誘いだった。会ってみると、関西のノリにどうも慣れなくて、コーチ陣や球団職員とのコミュニケーションに苦戦しているのだという。

思い起こせば大阪に引っ越したばかりのころ、直生も同じようなストレスを抱えていたことがあった。そのときは同郷の人がまわりにおらず、同じ大学の先輩にあたる他紙の記者がよく飲みに誘って励ましてくれた。

「そんなの、野球に熱中してればすぐ忘れちゃうよ。俺だって仕事でバタバタしているうちに慣れちゃったし。それに、首脳陣のみんなが関西出身ってわけじゃないじゃん」

酒の勢いもあって、直生は少し豪快に宮城を励ました。すると、「月ヶ瀬さんが喋るときのイントネーション、なんか落ち着きます」と宮城が初めて微笑んだ。それを機に話題は地元での思い出話になり、直生と宮城の実家がかなり近所で、川を挟んで学区こそ違うものの、幼少期に遊んだ場所の多くが同じだということがわかった。

「なんだ、月ヶ瀬さんも桜《さくら》が丘《おか》公園で遊んでたんですね」

「うん、小学生のころ、あそこでよくサッカーやってたよ」

「僕もです。下手クソすぎてやめちゃったけど」

地元の話をしていると、宮城の表情にだんだんと血が通ってきた。待ち合わせしたときには張りつめるように吊り上がっていた目じりが、柔らかに下がっていた。

その日から直生と宮城はたまに食事をともにするようになり、今から七年前、宮城のプロ四年目のシーズンに直生がプロ野球担当になると、さらに関係は深くなっていった。

宮城は大きな怪我もなく順調にプロ生活を重ね、今年でプロ入り十一年目を迎えた。シーズンが終われば海外ＦＡ《フリーエージェント》権を取得して、このオフにメジャーリーグへの移籍ができるようになる。

しかし、おととしのシーズンオフに結婚し、昨年は子供が生まれたばかりなこともあって、国内ＦＡ権も行使しなかった。おそらく宮城は、このチームに骨を埋《うず》めるつもりでプレーしているのだ。球団職員たちも「アメリカには行かないでしょう。そういうタイプじゃないですしね」と言っている。万が一メジャーに行くと宮城が言い出したら、球団は破格の条件を提示して全力で引き止める姿勢を見せるだろう。抑え投手としてこれだけ活躍している彼の流出を、ファンも大いに嘆くはずだ。

いつか宮城が現役から退くときまで、この球団の番記者として彼の競技人生を見届けたい。そして、引退したときはあいつの大好きな地元の酒のいちばん高いやつで乾杯するんだ——そんなことを思いながら、バックスクリーン前で調整する彼の姿を見つめていた。

その宮城から久しぶりにメッセージが届いたのは、三連戦の最終日、日曜のナイターが始まる直前のことだった。直生はすでに記者席に座って、始球式前のセレモニーをぼんやりと眺めていた。

《今日の試合後、ちょっとだけ食事行けませんか》

そのメッセージを見て、一瞬手が止まった。いつもは前もって予定を組む宮城が、こうして突然誘ってくるのは稀だ。しかも一緒に食事に行くのは遠征先がほとんどで、ホームゲームのときに声をかけてくるのは珍しい。でも、今年の夏はタイガースのOBが出版する書籍の執筆を手伝っていたこともあり、八月の遠征にはほとんど同行していなかった。久々に宮城とゆっくり食事がしたいと思った。

返信する前に、妻の栞《しおり》に《今夜、宮城とメシに行ってきてもいいかな》とメッセージを送ってみる。すぐに既読になり、《大丈夫だよ》と短い返信が来た。

ごめんな——心の中で呟いて、宮城に返信を送る。三宮にあるプロ野球選手馴染みの牛タン屋はどうかと思い、その店を提案した。すると、宮城は《今日はそこじゃないほうがいいです》と返してきた。宮城も気に入っている店なのにと不思議に思っていると、彼は北新地にある焼肉屋の個室にしたいと言ってきた。いつも「店は任せます」と言う彼が場所を指定してくることにも驚いた。

《オッケー。じゃあ予約しとくわ》

そう返信し、すぐ店に電話をかけて「杉山」の名前で予約した。杉山は直生の地元に多い苗字で、母親の旧姓でもある。いつも予約を取るときは、この名前を使うことにしていた。「月ヶ瀬」だとなかなか一度では聞き取ってもらえず、知らない人に電話で伝えるときはとりわけ面倒だからだ。

投手戦で九時前には試合が終わったので、原稿を書き終えて球場を出たのはまだ十時前だった。スマートフォンのアプリで路線情報を確認しながら、球場の最寄り駅へと向かう。

宮城は試合後のケアにかなり時間をかける。ほぼ間違いなく、自分のほうが先に到着するはずだ。それなのに、駅の階段を上る足はもつれそうなほどに急いでいた。いったい何の用事なんだろう——試合中も気になって仕方なかった。

球場の近くで飲んでいたらしきタイガースファンが大勢乗ってきて、梅田行きの電車はあっという間に席が埋まった。ドアの近くに立ち、車窓のほうを向く。そこに映った自分を見て、メディアパスを首にかけたままだったことに気づいた。慌てて外し、紐が引っかかった髪を手でさっと整える。こめかみのあたりがだいぶ伸びていて、そろそろ散髪に行かないとな、と思った。

焼肉屋に到着し、店員に案内されて個室に入った。ウーロン茶だけ頼んでパソコンを開き、メールをチェックしながら宮城を待つ。しかし、何度文字を追いかけてもメールの内容はほとんど頭に入ってこない。

二十分ほどすると、「お待たせしてすみません」と言いながら宮城が入ってきた。

ノンアルコールのほうがいいかと一瞬思ったが、いつもと変わらない素振りで生ビールを注文した。宮城は、シーズン中は決まってウーロン茶だ。まずは乾杯し、二人でメニューを見る。一通り注文が終わって店員が出ていくと、宮城は再びウーロン茶に口をつけてから切り出した。

「今日はすみません、突然」

「いや、いいけど。どうしたの？」

店員が入ってきて、前菜をいくつかテーブルに置いていく。出ていくのを待って、宮城はおもむろに箸を持った。

「海外FA権、行使しようと思ってるんですよ」

大して重要なことでもなさそうに、宮城は箸でキムチをつまみながら言った。

「え、メジャーに行くってこと?」

「はい。家族とエージェント以外、まだ誰にも言ってません。この話は記者としての直生さんじゃなくて、友人としての直生さんに話してます」

宮城は直生のほうを見ることなく、無表情のまま咀嚼《そしゃく》している。

「優香《ゆうか》ちゃんは、なんて言ってるの?」

「現役のうちは好きにしていいって。俺以外は日本に残るって言ってます」

優香というのは、おととし結婚したばかりの宮城の妻だ。直生や宮城と同郷で控えめな女性であることを直生は知っていた。

「アメリカに行くなら年齢的にもラストチャンスだから。後悔したくないし」

直生を説得するかのように、宮城は静かに、でも熱っぽく言う。言葉が見つからないのを誤《ご》魔化《まか》したくて、直生は慌てて箸を持ち、前菜の中にあったキュウリの和《あ》え物《もの》を口に運んだ。

「びっくりしたでしょ」

いたずらっぽい笑顔が、こちらを見ている。

「ああ。でも、応援するよ」

「ホントに？」

「え、どうして。当たり前だろ」

「よかった。ありがとうございます」

穏やかな表情になった宮城を見て、直生は思う。

優香の言葉は本心なのか。子煩悩《こぼんのう》な宮城が、まだ一歳にもならない息子を置いていくことなんてできるのか。球団はどう説得するんだ。いや、これは勝ち取った権利なのだから、別に説得なんかする必要はない。ファンにはどう説明するんだ。いや、渡米するのは宮城の自由なのだから、ファンの賛同がなくたって構わない。

そもそも、宮城を欲しい球団がメジャーにどれだけあるのか。パワーピッチャーでもない宮城が、アメリカの錚々《そうそう》たる強打者を抑えることなんてできるのか。彼の武器である球持《たまも》ちのよさが一年目には通用しても、リサーチし尽くされた二年目以降もそれを武器として使い続けられるのか。

分単位でルーティンを設けるほど細かくて、しかもこんなに人見知りで、食べ物にもうるさいやつが、異国の地で暮らしていけるのか。

——宮城、ほんとうにメジャーに行くのか。俺を置いて。

そんな情けない言葉を、ぐっと押し殺した。

マンションのエレベーターを降り、自宅の玄関へと歩きながらスマートフォンの時計を確認する。すでに深夜一時を過ぎていた。遅くなってしまったと焦りつつも、音を立てないようにゆっくりと鍵を回す。部屋の中は、しんと静まり返っていた。

このマンションは、次女の奏《かなで》が二歳になったころに三十五年ローンで購入した。玄関のすぐ脇に直生が使っている寝室、その隣に長女の詩《うた》の部屋、向かいには栞と奏が寝る部屋と風呂場があり、廊下を奥に進むとリビングとダイニングに繋がる。リビングには広めのベランダがついていて、昼間は少し離れたところにある運動公園が見渡せる。たまに風に乗ってやってくるテニスボールの音が、なんとも懐かしい。

ナイターの日は、会食がなくても一時を過ぎることが多い。だから、夜にこうして一人きりになることには慣れていた。鞄をダイニングの椅子に置き、キッチンの冷蔵庫から缶ビールを取り出して、飲みながらリビングのほうへと歩いていく。

壁には詩が図工の授業で描いた象とキリンの絵や、家族みんなで書いた正月の書初めが貼ってあった。そばにある棚には、直生と栞の結婚式の写真と、生まれたばかりの詩を抱いている栞の写真、そして奏を交えた四人の写真が飾ってある。直生はビールを飲みながら、その一つ一つを丁寧に眺めていった。これは一人きりの夜のルーティンだ。

写真立ての脇には、数字の形をした木製のオブジェが「1」から「8」まで順番に並んでいた。結婚記念日を迎えるたびに、直生か栞のどちらかが買ってきて並べているのだ。たしか「1」から「5」か「6」あたりまでは自分が毎年買ってきていたと記憶しているが、ここ数年は栞がやってくれている。毎年違う店で調達してくるので、オブジェのサイズや素材となる木はそれぞれ違うけれど、かえってそれが家族のさまざまな変化を思い出させた。

先月並べられたばかりの「8」のオブジェを指で押さえながら、この年数分だけ栞に甘えを重ねてきてしまったな、と直生は思う。

缶ビールを持ったまま、倒れるように重たい体をソファに預ける。

すると、リビングの扉が開いて栞が入ってきた。

「おかえり」

彼女がパジャマ代わりに着ているTシャツは、宮城がアドバイザリー契約しているスポーツメーカーのものだ。昨年のシーズンオフ、宮城がプレゼントしてくれた。直生が着てもじゅうぶんゆったりとしたサイズだが、小柄な栞が着ると裾が膝のあたりまで届きそうだ。

「あ、ごめん。起こしちゃったかな」

「ううん、起きてた。本読んでたの」

栞も冷蔵庫から缶ビールを出し、直生の隣に座った。眠そうな目はしているが、表情はそんなに疲れてなさそうだ。

「三連勝よかったね。お疲れ様でした」

眠気で目を細めながらも、そのとき作ることができる精一杯の笑顔を見せて、栞は缶を直生のほうに傾けた。直生は「ありがとう」と言って、コツンと缶を合わせる。

「今日は、どうだった？」

いつもと同じ質問を、栞に投げかけた。その問いの大部分は、次女の奏がどうだったか、という意味を占めている。

「だいぶ安定してた。ご機嫌だったよ」

「ならよかった。詩は？」

「のんびりユーチューブ観てたみたい。夏休みの宿題、お盆前に全部終えちゃったんだって」

「そうか。相変わらずしっかりしてるな」

栞に気づかれないよう、静かにため息をつく。

書籍の仕事に携わったのは初めてのことで、この夏はずっと会社の会議室に籠っていた。だから、八月は詩の誕生日もあったのに、彼女が欲しがっていたキャラクターのタブレットをネットで注文してプレゼントしただけで、どこにも連れていってあげなかったし、ケーキを一緒に食べてあげることもできなかった。もっとも、それは今年だけではない。そもそも夏の期間はドラフト注目選手をチェックしたり、チームの遠征に同行したりと、毎年のように何かと立て込んでしまう。

でも、三十代半ばの中堅《ちゆうけん》記者なのだから、遠征先の取材を若手に任せて長い休みを取ることだってほんとうはできるのだ。実際、家庭を持った先輩記者たちはそうしていた。

「詩、ディズニーシーに行きたいって前に言ってたよな」

「心配しないで。今年は遥《はるか》ちゃんの家族にＵＳＪ連れて行ってもらえたし。この時期パパの仕事が忙しいこと、あの子ちゃんと理解してるから」

直生の腕をさすりながら、栞は諭すように言う。

「大丈夫。今年はタイガースが強いから、その分忙しいってわかってる」

ごめんと口に出すと、いつも栞は「謝るのはナシ」と直生を叱る。だから、心の中でそっと、伝わることを願うようにその言葉を呟く。

「大丈夫だよ、直生」

呟きが届いたかのように、栞は言った。珍しく下の名前で呼ばれて、はっとして栞の目を見る。眠たそうな瞳に、どことなく憂《うれ》いが浮かんでいるような気がした。直生は思わず、栞から目を逸《そ》らした。


翌朝、ドアの向こうで大きな音がして目が覚めた。

キッチンで何かをひっくり返したのだろう。ナイターの翌日はもう少しゆっくり寝ていたいのだが、すっかり目が冴えてしまって、パジャマ姿のままダイニングに行った。すると、テーブルでトーストをかじっていた詩がくすくす笑っていた。

「ママ、またやった」

詩がキッチンのほうに視線を投げた。つられて直生もそちらに目を遣る。どうやら栞が電子レンジからトレイを取り出したとき、熱すぎて手を滑らせ、床に落としてしまったらしい。詩が笑ったように、この家ではよくあることだ。

「あ、ごめん。起こしちゃった?」

直生を見つけた栞が、バツの悪そうな顔で言った。

「いや、大丈夫。起きてたから」

栞は棚に置いてあったキッチンペーパーを手に取り、床に散らばったスクランブルエッグをかき集めるようにして拭いた。トレイに触れようとした栞の手を制し、直生が片付ける。

「待ってて、すぐ作り直すから」

「いいよ、慌てなくて」

もともと栞は家事があまり得意なほうではなかった。どちらかといえば直生のほうが几帳面《きちょうめん》で、手先も器用だ。しかし、直生がいくら食事の支度を志願しても、「苦手を早く克服したいから」と、なかなかやらせてもらえなかった。

その甲斐あってか、結婚したころに比べればキッチンでの振る舞いもだいぶ慣れたように見えた。でも、たまにこういうヘマをすることがある。そのたび栞は気まずそうな表情を見せたが、直生は付き合い始めたころを思い出し、むしろ可愛《かわい》らしいとさえ感じた。

リビングのソファに座り、テレビをつけた。ちょうどスポーツニュースで昨日のプロ野球の結果を取り上げていて、宮城が最後のバッターを抑えてガッツポーズしているシーンが映った。そんなパフォーマンスをするようなタイプじゃなかったのに、感情表現が豊かになったのもそのせいだろうか――直生は、昨夜のメジャー宣言を思い出した。

「峻くん、今何セーブ目?」

詩が振り返って、直生に尋ねる。

「昨日で三十二かな」

「へぇ、やるじゃん。セーブ王になれるかもね」

抑揚《よくよう》のない口調で、詩が呟く。淡々としてみせているが、宮城が詩の初恋相手であることは家族みんなが知っている。もっと小さいころは、「将来、峻くんと結婚する」と言ってよく球場に行っていた。宮城のほうも、詩のことを「姫」と呼んで可愛がった。

だから結婚したと聞かされたときはひどくショックを受け、それ以来球場には一切行かなくなった。宮城が家に遊びに来てご機嫌をとっても、詩が以前のように目を輝かせることはない。ただ、成績だけは今も気になるらしく、栞と一緒にスマートフォンのアプリでたまにチェックしているようだ。

「あ、そろそろ奏にもご飯食べさせないと！」

慌ただしく栞が叫ぶ。キッチンに目を移すと、彼女は詩の弁当箱におかずを詰めていた。

「あ、今日から新学期か」

「そうだよ。パパ、もしかして忘れてたの？」

詩が呆れた顔で言いながら、空《から》になった食器をキッチンに運ぶ。

「いや、忘れてなんかないよ」

「今、忘れてたじゃん」

彼女は投げやりに言って、部屋を出ていった。そして、しばらくすると奏の手を引いて戻ってきた。奏は直生の母親からもらったぬいぐるみを大事そうに抱きしめている。タイガースの助《すけ》っ人《と》外国人選手の名前にちなんで、みんなで「マルちゃん」と名づけたウサギだ。

「奏、おはよう」

直生は慌ててテレビを消し、声をかけた。しかし、反応はない。詩がキッズチェアを引いて奏を座らせると、奏は自分の膝の上にマルちゃんを乗せた。

「かなちゃん、おはよう。よく眠れた?」

栞がそう尋ねながらコーンフレークの入った器を奏の前に置くと、奏は声にならない声で気《け》だるそうに反応した。詩が冷蔵庫から牛乳を出して器に注ぎ、スプーンで丁寧にコーンフレークと牛乳をなじませる。

コーンフレークがじゅうぶんに牛乳を含み、歯ごたえがなくなるほどに柔らかくなると、詩は少しだけスプーンに乗せて、奏の口まで運んだ。「おいしい?」と聞きながら、一口食べさせては奏の口をタオルでそっと拭く。

奏はしばらく黙って咀嚼していたが、口に含んでいたコーンフレークを突然ペッと吐き出した。かすかな笑みを浮かべながら、様子を窺うように詩のほうをちらりと見る。大好きなお姉ちゃんのことを、少しだけ困らせたいのだ。しかし詩は何事もなかったようにティッシュを取ってきて、テーブルを拭いた。こういうとき過剰に反応してはいけないことを、彼女は知っている。

栞が弁当箱の入った保温バッグを持ってきて、詩の前に置いた。

「あとはママがやるから、もう支度して」

「はぁい」

保温バッグを手に取り、詩は部屋を出ていった。

「ねぇ、パパも食べちゃってくれる？」

朝の慌ただしさとは裏腹《うらはら》に、栞の声は囁くようだった。奏を刺激しないためだ。直生は「うん」と小さく言ってソファから立ち上がり、トーストを焼き始めた。


奏が二歳半くらいのころ、詩と比べると言葉が遅いのかなと、ときどき感じることがあった。でも、成長速度には個人差があるだろうと、あまり気にはしていなかった。

しかし、昨年の春に奏が幼稚園に入ったとき、まわりの子とうまくコミュニケーションがとれないことを先生にやんわりと指摘された。その前年に栞がしばらく体調を崩していたために三歳児健診の受診が遅れていて、ちょうど受けに行こうとしていた矢先のことだった。

慌てて受診すると、「発達に遅れがある」と指摘を受けた。保健師による家庭訪問でしばらく経過観察することを提案されたが、不安になった栞はすぐに医療機関に奏を連れていった。専門医によって自閉《じへい》スペクトラム症であると診断されたのは、五月に四歳の誕生日を迎える直前のことだった。

そのころは言葉の遅れだけが目立っていたが、夏になると奏は癇癪《かんしゃく》を起こすようになった。

特に思い通りにならないときや気に入らないことがあるとき、それはほぼ百パーセントの確率で起こった。

痛癪を起こすと、奏は自分の指や腕を強く噛んだ。夏の終わりごろ、傷だらけになった奏の腕を見た同じマンションの住人が、ぎょっとした目で直生と琹を見たことがあった。

「虐待《ぎゃくたい》でも疑ってるんだろ」

「そうね。言い返してやりたいわ」

しかし、何か言われたわけでもないのにそんなことなどできるはずもなく、二人はただマンション内で肩身の狭い思いをするだけだった。傷を隠すために直生が奏にカーディガンを羽織らせようとしたこともあったが、肌に何かが触れることにとりわけ敏感になるという特性もあり、奏がひどく嫌がった。琹も「悪いことしてるわけじゃないんだから無理させないで」と言った。

奏は音にも敏感だった。ある日の朝、直生がリビングでメジャーリーグ中継を観ていると、突然奇声を上げた。打者がホームランを打ったとき、実況のアナウンサーが声を張り上げたことが刺激になったらしい。それ以降、家でスポーツ中継を観るときはタブレットにイヤホンをつけて視聴する約束になっている。

でも、そんなのは些細《ささい》なことだった。それよりもずっとつらいのは、話しかけても奏が目を合わせてくれないことだ。「おはよう」「おやすみ」と声をかけてもまったく反応しない。奏は自分のことを父親だと理解してくれているのか――心が繋がっていない感じがして、奏と向き合うことをつい避けてしまうのだ。

自閉スペクトラム症と診断されてからは幼稚園に通いながら療育《りょういく》施設にも行き、発語のトレーニングなどを受けたりした。一つの単語しか発することができなかった奏が、二つの単語を組み合わせて話せるようになって、少しずつ進歩しているんだなと喜んだが、三月の修了式のあと、「幼稚園を辞めてきた」と突然栞が言い出した。

いつもは何事もきちんと説明する栞が、「私の思うようにさせてほしい」と言うだけで、それ以外のことは話そうとしなかった。奏の療育にほとんど関われていなかった直生は、「栞の好きなようにすればいい」と伝えるしかなかった。それ以降は療育施設に通いながら自宅保育をするようになったが、栞はこれまで以上に自由な時間がなくなり、友達とも疎遠になっていった。

おそらく、奏は自閉症の子供を受け入れてくれる小学校に通うことになるだろう。しかし、特別支援学校も特別支援学級のある学校もこの近隣にはなく、いちばん近いところでもバスで片道三十分かけて通わなくてはならない。なんとかして学区の小学校に受け入れてもらえないかとも思うが、来年の年末には就学通知書が届くことを考えると、あまり悠長《ゆうちょう》に構えてもいられない。それまでに児童相談所や主治医の先生たちともじっくり話し、奏にとって最善だと思える答えを出さなくてはならない。

ところが、そのことを話そうとしても、栞は思いつめた表情をするだけだった。そして、自分が専門家としっかり相談してくるから、あなたは仕事に集中してほしいとだけ言った。これまでになく頑《かたく》なな態度に、それ以上は踏み込めないような気がした。でも、マンションを購入したときの彼女の言葉を、直生は忘れていなかった。

「この子が小学生になったら、大阪で探してみようかな。マンションのローン返済に少しでも貢献したいし、好きな仕事をしながらそれができたら最高じゃない？」

奏が二歳で、まだ言葉の遅れが気にならなかったころのことだ。栞は結婚するまで横浜の編集プロダクションに勤めていて、いずれ同じ職種で社会復帰することを考えていた。

しかし奏のことがあってから、彼女はそれを白紙にした。奏が小学校に進学してどうなるのか、今はわからない。新しい環境に適応してくれればいいが、そうなるとは限らない。その保証はない。だから一切の計画は立てられない。それが栞の答えだった。「そう考えたほうが楽なの」と彼女は言った。

望んでいた編集の仕事に就《つ》けたことも、やりがいを感じてその仕事に打ち込んでいたことも知っていた。それなのに、社会人になってまだ一年に満たないうちに妊娠させてしまったことを、栞自身はとても喜んでくれたにせよ、申し訳なかったと思うことがある。それでも、結婚するという決断によって詩と奏という宝物のような娘たちに出会えたわけだから、後悔などみじんもない。でも――。

奏のことで肩に力が入りすぎた栞を見るたび、自分の呼吸が浅くなっていくのを感じた。いちばん好きだったはずの栞の健気《けなげ》さから、つい目を逸らしたくなった。

朝食を済ませ、ポロシャツに着替えて身なりを整えた。

今日は月曜日で、プロ野球の試合がない。八時前に起きることになったのは想定外だったが、せっかく早起きしたのだから溜まっていた領収書の整理でもしようと、会社に行くことにした。

詩と一緒に玄関を出る。彼女の小さな手を取り、無理やり軽快に歩いた。

「詩、シルバーウイークどうしよっか」

「いいよ、別にどこにも行かなくて」

「でも、先月の誕生日もどこにも行けなかったし」

「プレゼントもらったから、いい」

「でもさ、せっかくのシルバーウイーク――」

「いいってば。タイガースが優勝したら忙しくなるんでしょ？」

「そうだけど――じゃあさ、試合観に行こうよ。宮城が胴上げ投手になるところ見られるかもしれないよ？」

とってつけたように、そんな提案をしてみる。もしかしたら宮城が投げるところを日本で見られるのは、今年で最後になるかもしれない。しかし、愛娘といえどもさすがにそこまでは言えなかった。

「遥ちゃんちお泊りに行くから、いい」

「えー、たまには家族でどっか行きたいじゃん」

あきらめの悪い子供みたいに、ちょっとごねたように言ってみる。

「奏がいるから」

詩はけっして冷静さを崩そうとしなかった。

そうだ。正しい。奏がいると、どこにも行けない。

人ごみはパニックになるから無理だ。じっとしていることが苦手だから、電車や飛行機もなるべく避けたい。直生の実家がある静岡や、栞の地元の八王子にも行くことができない。だから、奏の障害がわかってからは盆や正月に帰省することもなく、直生や栞の両親にいつも大阪まで来てもらっている。

もう少しいろんなことに慣れてくれれば、何か術《すべ》が見つかるのかもしれない。でも、診断を受けてから一年半も経っていない今はまだ、日々浮上してくる課題を手際よく解決できるだけの手腕がじゅうぶんではない。

詩がディズニーシーに行きたいと言っていたのは、詩の友達の遥がこっそり栞に教えてくれたらしい。八月の誕生日に連れていってあげるプランもなくはなかったが、結局直生の仕事が立て込んでしまい断念した。プロ野球のシーズンが終わったら、今度こそ実現できないかと考えている。

しかし、クライマックスシリーズや日本シリーズが終わっても、その後すぐに若手中心の秋季キャンプの取材が始まる。シーズンオフには選手の出演イベントや契約更改《こうかい》の会見に毎日のように出向かなくてはならないし、年が明ければ選手たちの公開自主トレや新人選手の合同自主トレの取材がある。息をつく間もなく二月には春季キャンプの取材で沖縄に飛び、気がつけば新たなシーズンが始まってしまう。

もちろん、休みを取ることはできる。ほかの記者たちは、最近であれば月にだいたい七日か八日は休日を確保できている。でも、選手たちに「あの人、今日も来ているな」と思われることが信頼関係に繋がると、これまでの経験から知っていた。グラウンドの外で見たり聞いたりしたことがネタのほとんどを占めていて、記者席に座って試合を観ることは、その確認作業に過ぎない。つまり、試合が始まる前に取材は終わっているのだ。だからこそ、できる限りどんな現場にも顔を出しておきたかった。

父の気持ちを察してか、詩は繋いでいた手を大きく揺らして言う。

「大丈夫。遥ちゃんたちと一緒にいるの楽しいから」

そして、不器用に微笑んでみせた。


街路樹に止まった蟬が、けたたましく鳴いている。例年ならばそろそろツクツクボウシの季節なのに、今年のミンミンゼミはまだかなり元気だ。

蟬の声って今も昔も変わらないんだなぁと、そんな当たり前のことを思いながら、その声をかき分けるようにして会社へと急いだ。オフィスビルの自動ドアが開くと、エアコンの冷気が心地よく首元をかすめた。

エントランスを通り過ぎたところで、後ろから同期の眞鍋巧《まなべたくみ》が声をかけてきた。彼は同じ関西拠点でリーグの違う球団の担当記者だ。直生は一瞬、身構える。

「お前、宮城のこと一人占めしてるらしいな」

眞鍋はやはり、今日もそんなふうに詰め寄ってきた。社内で五人の記者が担当するタイガースとは違い、彼のチームは担当記者がたった一人だ。きっとストレスでも溜まっていて誰かに突っかかりたいのだろうと、自分に言い聞かせる。

たしかに宮城は、直生以外の記者とはあまり積極的に話をしない。だからといって一人占めしているわけではない。ほかの記者が宮城を独占取材しても構わないと思っている。それにまったく嫉妬しないわけでもないが、自分は一介の記者に過ぎず、宮城のようなスター選手を独占できる立場にないことは百も承知だ。

「中央スポーツのやつら、めっちゃ嫉妬しとるぞ」

その事実は、なんとなく把握していた。直生が宮城の結婚式に記者ではたった一人招待され、チームメイトの選手たちを差し置いて友人代表としてスピーチをしたときから、他紙の同年代の記者から皮肉めいたことを言われるようになった。

思いがけないメジャー挑戦の話でこのシーズンオフにまた一悶着《ひともんちゃく》ありそうだと思うと、急に気が重くなってきた。自分自身の中でさえ、まだその話は整理し切れていない。それに加えて、今朝見た詩の不器用な微笑みもまだ気になっている。昨晩の憂いを帯びた栞の目も瞼《まぶた》に残っていた。なんだか、今日は気分が晴れない。

「宮城があんなスター選手になっちゃったから、仕方ないよな」

眞鍋の肩をポンと叩き、「じゃあ」と振り切った。少しだけ歩を早めて、エレベーターホールへと進む。

すると、ロビーの奥の壁に掛けられた、額入りの大きな写真が視界に入った。ここに飾られるようになったのは、たしか二年ほど前のことだ。それ以来、直生は会社に来ると必ず、その写真が見える場所で一度足を止める。

——おはよう。

声にこそ出さないが、そうやっていつも挨拶するのだ。

朝焼けに照らされ、うっすらと赤みがかった富士山。まもなく山頂に鋭い金色の朝日が差し込み、それと同時に新たな一日が始まる。その直前の一瞬を切り取った写真だ。

呼吸がすっと体の奥まで入っていって、安堵に満ちたような心地よさを覚える。

余計なことは考えず今を生きろと、背中を押される気がした。それは多分、直生の生まれた町からも、こんなに大きくはないけれど富士山が見えて、いつも見守ってもらっていた感覚があったからかもしれない。

少しだけ体が軽くなった気がして、直生は跳ねるような足取りでエレベーターのほうへと歩を進めた。

編集部のフロアに着くと、後輩記者の進藤雄介《しんどうゆうすけ》がおろおろしながら声をかけてきた。

「実は、明日の選球眼《せんきゆうがん》で高埜《たかの》のことを書きたいと思ってるんですけど」

選球眼というのは、記者が持ち回りで書く「記者の選球眼」という連載コラムだ。日々の取材の中で感じたことや、選手との知られざるエピソードを記者が綴《つづ》るファンの多いコーナーなのだが、人気連載だけにみんな意外とプレッシャーを感じている。

「どうしても追加で高埜に聞きたいことがあって。でも、僕まだそこまで関係詰められてなくて、連絡先知らないんです」

今日は試合がない日なので、球場で声をかけることもできない。締め切りは今夜だ。

「わかった。ちょっと待って」

直生はスマートフォンでＬＩＮＥアプリを起動し、高埜にメッセージを送った。

高埜祐樹《ゆうき》はタイガース不動のリードオフマンで人気の若手選手だが、どことなく圧を纏《まと》っていて、多くの記者がとっつきにくいと感じている。なかなか連絡先を交換できないのも理解できた。それでも読者の要望に応えたいという思いから、進藤はどうにか高埜の記事をリリースしようと挑んでいる。

高埜からは、すぐに返信があった。

「昼過ぎには体が空《あ》くらしいから、電話くれって。電話番号も教えて大丈夫だっていうから、ＬＩＮＥで送っておくよ」

「すみません。めちゃくちゃ助かります！」

「そういえば高埜って、奥さん熊本出身だって言ってたな。進藤も熊本じゃなかった？」

「はい、そうです」

「世代も近いはずだし、そんな話してみたら距離が縮まるんじゃない?」

進藤の表情がぱっと明るくなった。LINEで高埜の電話番号を送ると、進藤は何度も頭を下げて自分のデスクに戻っていった。

タイガースを担当する五人の記者のうち、進藤は下から二番目だ。四十代半ばのキャップ、三十五歳の直生、三十歳になったばかりの武内《たけうち》、二十七歳の進藤、そしていちばん下に大卒二年目になる小栗《おぐり》がいる。最年少の記者は頻繁に遠征の取材に行かされたり、二軍のデーゲームと一軍のナイターを掛け持ち取材させられたりと、かなり激務になることがある。その立場の記者は、かつては「小僧」と呼ばれていた。ただ野球への愛に背中を押されてスポーツ記者を目指したという進藤は、優しくて控えめな性格が最初の数年はネックになっていたが、いつしかチャレンジを恐れない記者に成長していた。間違いなく、小僧時代の経験が生きているのだと思う。しかし最近はご時世的なものもあって、若手に対してそのような呼び方をすることもなくなり、昔のように極端なハードスケジュールを課して育てることも減ってきた。

直生もデスクにつき、パソコンを立ち上げた。鞄の中から領収書の入った分厚い封筒を取り出す。すると、甘ったるい香りがふわりと漂ってきた。昨日球場に行く前、腹ごしらえ用にとコンビニで買っておいたバナナだ。鞄に入れたまま、食べるのをすっかり忘れていた。古くなる前に食べてしまおうと、袋を破り、皮を剝いて一口頰張る。甘味が口の中に広がり、頰の内側がツンと刺激された。

中学生のとき、部活の合間にこうしてバナナをよく食べていたことが不意に思い出された。

あのころ毎日のように握っていたテニスラケットは、高校二年の終わりに肘の靭帯《じんたい》を痛めてからは部屋のオブジェと化してしまった。競技人生はそこで終えたけれど、当時夢中で競技に打ち込んだ経験はきっと今に生きているはずだと信じている。

最後の一口を食べ終えた。皮を袋に戻し、少し離れたところにあるゴミ箱に投げる。バサッと音を立て、それは気持ちいいほど見事に中に納まった。


翌日の午前中は、栞が市の乳がん検診を受けに行くことになっていた。直生は仕事の予定を入れず、家で奏を見ることにした。

「じゃあ、悪いけどお願いね」

「全然悪くないよ。帰りにゆっくりお茶でもしてきたら？」

「お茶してても気持ちが落ち着かないの。すぐ帰るから」

栞は鼻に皺《しわ》を寄せて小さな笑みを作り、足早に出かけていった。

お茶でもしてきたらと提案してみたものの、ほんとうは栞が早く帰ってきてくれるのなら、そのほうがずっと安心だった。栞や詩が一緒にいればなんてことはないが、奏と二人きりで過ごすことにはまだ緊張感がある。日頃から二人に甘えている証拠だ。

奏はリビングの絨毯《じゅうたん》の上に座って、マルちゃんを傍らに置き、最近気に入っているというパズルをひたすら無言でやっていた。肩までまっすぐ伸びた少し茶色がかった髪が、パズルをいじるたびに右へ左へと揺れる。

「奏、パパにもそれ教えてよ」

少し離れたところから、思い切って声をかけてみた。しかし、やはり返事はない。一人でぶつぶつ言いながらパズルを完成させては、それを一気に崩して再びパズルに取り掛かる。そして、同じことをひたすら繰り返している。

あまり話しかけて邪魔すると癇癪を起こすかもしれないし、テレビをつけてしまうと急に音が大きくなったりしてパニックを起こすリスクもある。直生はダイニングテーブルの椅子に座ってスマートフォンをいじりながら、丸まった奏の背中をただ黙って見守った。

栞はいつも奏と二人の時間をこんなふうに過ごしているのかと、ふと思う。もう慣れたのだろうか。それとも、今でも緊張感を覚えることがあるのだろうか。それを探るために、帰宅したら必ず「今日はどうだった？」と栞に聞くようにはしている。でも、栞はいつも「ご機嫌だったよ」「安定してたよ」としか言わない。

奏は栞の前ではもっとご機嫌なのだろうか。もしくは、何にも反応しない奏が実はご機嫌であることが、栞にはわかるのだろうか。それとも、自分を安心させるためにそう言っているだけなのだろうか。障害を持つ子供を抱えたほかの家庭は、どんなふうに過ごしているのだろう。子供と過ごす時間の少ない父親は、こういうときどうやって接しているのだろう。

ほんとうは、自分が家にいて栞が外で働いたっていいはずだ。それなのに、自分は当たり前のように仕事をして、当たり前のように家のことを栞に任せている。だからといって男として栞を守れているかといえば、そうでもない――。
ため息をつきながら落とした視線の端で、スマートフォンの画面が光った。進藤からのメッセージだった。
《おかげさまで好評です。ホントにありがとうございました！》
そのメッセージには記事のリンクが添付《てんぷ》してあった。進藤が書いた「記者の選球眼」は早朝に公開されたときすでに読んだが、数時間経ってたくさんの読者コメントが投稿されていた。高埜はお立ち台に上がったときですら、そっけない態度を見せるような選手だ。そんな彼が優勝への思いをまっすぐに語ったとあって、ファンのコメントには熱気が溢れていた。
すると、進藤からもう一通メッセージが送られてきた。
《高埜の奥さん、なんと僕の高校の後輩でした！　今度二人と食事することになったんで、ぜひ直生さんも来てくださいね》
進藤のメッセージからも熱がじゅうぶんに伝わってきた。あの高埜と電話だけでそこまでの話に持っていけたのは彼の手柄だ。
《若い人だけで行ったほうが高埜も気が楽だよ。経費切れるようにデスクに伝えておくから》
そう返信して、直生は再びコメント欄を追いかけた。
ふと気がつくと、栞が出かけてから一時間半が経っていた。奏はまだパズルで遊んでいる。その瞬間、トイレは大丈夫なのかと直生が不安を抱き始めたころ、玄関のドアが開く気配がした。その瞬間、何も起きなくてよかったと胸を撫で下ろす。それと同時に、自分がこんなにも緊張感を抱くことを毎日のようにこなしている栞に、小さな罪悪感が生まれた。

「ただいま」

「おかえり、早かったね」

時計は十一時半を指している。直生は立ち上がり、冷蔵庫を開けた。お腹を空かせているであろう栞に、何か作ってあげたいと思った。

「奏は大丈夫だった?」

「うん、パズルずっとやってたから。いい子にしてたよ」

「そう、よかった」

直生は冷蔵庫から卵を、炊飯器から残っていた白米を取り出した。栞が手を洗ったり着替えたりしているあいだにチャーハンを三人分作り、テーブルに置く。戻ってきた栞は、それを見るや否や目を丸くした。

「逆立ちしてもその手際の良さには勝てないわ」

一人分の小盛チャーハンにはラップをかけた。パズルに夢中の奏が空腹になったら食べる分だ。今は集中しているから話しかけない。

栞と向かい合って座り、「いただきます」と声を揃えて同時に食べ始める。

二人が付き合い始めてすぐ、大阪支社での勤務が決まって遠距離恋愛になってしまったが、栞がたまに東京からやってきて、苦手な料理を頑張って作ってくれた。そして、こうして向かい合って、少し味の濃いチャーハンや野菜がやや硬めのカレーを一緒に食べた。

「うーん、うまい！」

あのころみたいなしおらしさを、栞はもう見せない。でも、心からそう思っているのがわかるように、ぶっきらぼうにそう言った。そして奏がパズルをいじる音に耳を傾けながら、二人はあっという間にチャーハンを平らげた。


その日も球場は蒸し風呂のような暑さに包まれていた。記者たちはみな、ノートで顔を扇いで暑さを凌いでいる。記者と雑談する選手の額にも、玉のような汗が噴き出ていた。

すると、ベンチ前に散らばっていた記者たちが、磁石のようにベンチの中に吸い寄せられていった。少し離れたところにいても、その只事ではない空気を感じ取ることができる。監督が現れた合図だ。

九月に入ってからも変わらずチームは首位を独走していて、早ければ明日にも優勝マジックが点灯する。これまで数年間、チャンスがありながらあと一歩のところでリーグ優勝を逃してきたが、今年は二位のチームとのゲーム差はずっと三を超えていた。よほど失速しないかぎり、タイガースの優勝はもう確定していると言っていい。

ある記者が、宮城の活躍についてどう感じているかとさっそく監督に投げかけた。

「彼に負担を掛けてるのはわかってるけど、なんとしても最後まで踏ん張ってもらわないと。チームのために多少無理はしてくれって伝えてるけどね、今シーズンだけは。あとのことは、もうあいつもベテランやし、任せてるわ」

直生が質問の声がしたほうに目を遣ると、中央スポーツの記者が神経質そうにペンの尻を鼻に当てて監督の話に耳を傾けていた。そしてちらりと意味ありげに、直生のほうを見る。

別の記者が、宮城がこれまでの中継ぎ以上に抑え投手として活躍したことについて、「監督の読み通りでしょうか?」と尋ねる。

「新人のころはノミの心臓なんて言われてたけど、ああ見えて宮城はハート強いのよ。性格的に向いてると俺は思ってたよ、ずっと前から。勝負球《しょうぶだま》もあれだけ確立されてるわけやし。これから先数年はクローザーとしてチームを支える存在になるんじゃないの」

直生はそれを聞きながら、バックスクリーン前で調整する宮城を見つめる。

すると、また別の記者が手を挙げ、「宮城投手はまもなく海外ＦＡ権を取得しますが――」と投げかけた。一瞬、ぴん、と空気が張りつめる。

「どうかな。そりゃ球団は全力で止めるでしょ」

監督は笑いながらも、強気な口調で言う。

「止めてもらわなきゃ困るわな。なぁ、月ヶ瀬」

そして、直生のほうに挑戦的な視線を投げてきた。暑さのせいではない汗が、じわりと滲み出る。

「ああ、そうですね……」

「なんか聞いてんじゃないの?　あいつから」

「いや、僕は何も」

目を伏せる直生に、監督は「ホンマかぁ？」と不敵な笑みを浮かべる。

「あの、今日は藤田が久しぶりの先発《せんぱつ》になりますが――」

張りつめた空気を打ち消すように、直生は質問で返した。

監督の囲み取材を終えてしばらくすると、練習を終えた宮城が中継ぎ投手たちとゆっくり歩いてベンチに向かってきた。グラウンドにいる記者たちは、宮城にいつ声を掛けようかとそわそわし始める。

すると、バッティングケージのほうから高埜がやってきて、「どうも」と声をかけてきた。

「ああ、高埜。昨日はありがとな。いい記事だったよ」

「よかったっす。進藤さんは今日いないんですね」

「あいつ、ファームのほうに行ってるんだ」

「そうなんですか。あ、直生さん、また今度メシ行きましょう」

「いいけど、進藤とも行ってやってよ」

「もちろん行きますけど。前に直生さんとメシ行った次の日に猛打賞《もうだしょう》だったんで。縁起いいんですよ、直生さんは」

「そうか、わかったよ。じゃあ、また近いうちに」

高埜が微笑みながらベンチ裏に入っていく。食事をともにした翌日に怪我なんかされたらどうしようって、俺のほうは毎回ヒヤヒヤしてるんだよ――そんなことを思いながら、高埜の背中を見送った。

宮城は記者たちに囲まれていた。少し離れたところからでも、いつも通り淡々と話しているのがわかる。話が落ち着いたようで、記者たちが捌《は》け、宮城がベンチのほうに歩いてきた。直生のほうを見ずに、彼は小さく手を上げた。

気を遣ってか、宮城はいつもそうやって直生に挨拶する。でも、それこそが特別な関係であるという印象をほかの記者たちに与えていることに、彼は気づいていなかった。


タイガースの選手やコーチ陣がミーティングのためにベンチ裏に消えていくと、グラウンドではビジターチームの練習が始まった。直生は面識のあるビジターチームの広報と少しだけ立ち話をしてからグラウンドをあとにした。

記者席のあるバックネット裏に向かって、細い通路を歩いていく。ポケットからハンカチを取り出し、流れ落ちてくる首の汗を拭った。すると、「あの、すみません」と前方から声をかけられた。視線を上げると、スーツを着た同世代くらいの男性が立っていた。この暑さの中、しっかりネクタイまで締めている。

「現日スポーツの月ヶ瀬さんですか?」

直生が戸惑いながらそうだと伝えると、「ああ、やっぱり」と、男性は安堵した様子で微笑んだ。知的そうな太い眉が、柔らかに下がる。

「僕、持田文一《もちだふみかず》だけどわかるかな？　江尻《えじり》中で一つ上の学年だったんだけど」

その名前には確かに聞き覚えがあった。一秒置いて、直生は「ああ！」と声を上げた。

「はい、わかります。たしか、みんなから『ブンイチ』って呼ばれてましたよね？」

そうそう、と文一が笑う。

「僕ね、アスリートの代理人業務をやっていて。実は宮城峻太朗も僕のクライアントなんだ。同じ高校出身の縁で」

なるほど、宮城が言っていたエージェントというのは、この人のことだったのか。なかなか人に本音を打ち明けない宮城が、同じ高校に通っていた人をエージェントに選んだのも頷ける。

試合開始まで少し時間があったので、直生は文一を球場内の喫茶店に誘った。球団職員や担当マスメディアなどの関係者だけが入れる「ラウンジ蔦《つた》」という店だ。この球場が蔦に囲まれているのがその名の由来だ。

店内はレトロな雰囲気で、木目調《もくめちょう》のテーブルが並んでいる。直生の向かいに座ってアイスコーヒーを飲みながら、文一が話を続けた。

「お世話になっている記者さんがいて、その人にだけは例の件、話しておきたいと宮城くんが言ってたんだよ」

「え、宮城が？」

「うん。それで、なんていう記者か把握だけさせてと言ったら、現日スポーツの月ヶ瀬さんっていう人だって。珍しい名前だからもしかしてと思って宮城くんに聞いたら、同郷でしかも年齢が僕の一つ下だと言っていたから、これはもう間違いないと思ったんだ」

文一は中学を卒業して地元の進学校に行き、東大の法学部を卒業して弁護士になったという。今はプロ野球やJリーグの選手の代理人業務を専門にしているらしい。

「月ヶ瀬くんはずっと大阪に住んでるの？」

「大学は東京だったんですけど、新卒でゲンニチに就職してからは大阪です」

「そうなんだ。奥さんはこっちの人？」

直生の結婚指輪を見ながら、文一が尋ねる。

「いえ。大学の後輩で、東京出身です」

「そう。お子さんは？」

「八歳と五歳の娘がいます」

「へぇ。結婚するの、わりと早かったんだね」

「ええ、まぁ。いろいろありまして。持田さんは？」

「僕は婚約破棄、二回。ろくでなしなんだ」

二回、と言いながらおどけてピースサインを見せる文一は、中学時代より幾分か物腰が柔らかくなったように感じた。部活に熱心で勉強は後回しだった直生にとって、校内で秀才として知られていた文一は近寄りがたい存在だったのだ。

内野《ないや》スタンドの下に位置するため、この店の天井は斜めになっている。その傾斜を見つめながら、文一は少しだけ目を細めて言った。

「たしかテニス部だったよね。朝練よくやってたの知ってたよ。お兄さんはサッカー部だったかな。兄弟でスポーツを頑張ってるイメージだった」

「はい。仕事も、何かスポーツに関わることがしたくて」

「記者を選んだのはどうして？」

「え？」

「いろいろあるでしょ、スポーツに関わる仕事って。スポーツ経験者ならトレーナーとか。最近だとマネジメントもあるし」

　大学一年のとき、神宮球場に大学野球を観に行って、プレーヤーでなくてもいいからもう一度スポーツに関わりたいと思ったことはよく覚えている。

　文一に指摘された通り、たしかに記者以外にも選択肢はあった。中学時代からトレーニングの専門書もたくさん読んでいたし、怪我をしたときにはリハビリにも通っていたから、トレーナーや治療家を目指してもおかしくはなかった。

「僕、中学時代に新聞部の部長だったから。なんで記者になったのかなって、ちょっと興味があってさ」

　穏やかな表情で、文一はゆっくりとアイスコーヒーを飲む。

　そうだった。直生が中学一年のとき、中体連《ちゅうたいれん》の大会に文一が取材に来ていたことを思い出した。テニスをやったこともないのにルールにも対戦相手にも部員以上に詳しくて、インタビューに応じていた先輩が面食らっていた。

すると、そのときにカメラを持って文一の隣に立っていた女子の姿が、すっと脳裏《のうり》に蘇った。

そう、記者を目指したのは、あの人がきっかけだった。ここ数年はずっと追われるような生活で思い出すことも少なくなっていたが、彼女は今、どこで何をしているのだろう。

「あ、そろそろ行ったほうがいいんじゃない？」

腕時計を見て、文一が言った。直生もスマートフォンで時間を確認する。試合開始の十五分前だった。少し離れたところに座っていたタイガースOBの解説者が直生に小さく手を振り、急いで店を出て行った。

「仕事の邪魔しちゃ申し訳ないから、もう出ようか」

文一が伝票を持って、席を立とうとする。

「あの、佐々倉《ささくら》美琴《みこと》さんて――」

「え？」

「佐々倉先輩とは、今も連絡とってますか？」

文一はふと動きを止めて、直生に笑顔を見せる。

「うん、佐々倉も元気にやってるよ。あ、ここはいいから」

財布を出しながら、文一がレジへと歩いていく。

「すみません。ご馳走になります」

「もう行って。試合始まっちゃうよ」

直生に背を向けたまま、文一は出口のほうを指した。直生は頭を下げ、喫茶店をあとにした。

昨日のナイターは大事な試合だったのに、ぼうっとしてしまった。

監督に宮城のメジャー行きの件を突っ込まれたり、思いがけず文一に再会したりと、想定外のことが立て続けにあったからかもしれない。

宮城は昨日も安定したピッチングで、今季三十三セーブ目をあげた。現時点でこのセーブ数であれば、チームの勝率を考えても、詩の言う通りセーブ王はほぼ決定だろう。彼にとってキャリアハイのシーズンになることは間違いない。

今日は現日スポーツの評論家であるタイガースOBの連載の取材日だ。十一時に会社に来ることになっている。どんな質問を投げかければ、今のチームを激励できるようなインタビューになるだろう――そんなことを考えながらオフィスビルのエントランスを通り抜けると、ロビーのソファに見覚えのある後ろ姿があった。そういえば、何時ごろ会社に来るかと昨日電話をもらっていた。

血の繋がった家族なのに、かすかな緊張が走る。それは昔から変わらない。憧れの兄であるはずが、こうしてその姿を見ると腸が重くなる感覚がある。

こちらが声をかけたわけでもない。それなのに、莉生《りお》はくるりと振り返って立ち上がり「おう!」と手を上げて満面の笑みを見せた。見るからに質のよさそうな紺色のジャケットを纏い、手にはディズニーストアの大きなショッピングバッグを持っている。

莉生は三十歳のとき、東京でサプリメント会社を設立した。高校時代の同級生にはサッカー日本代表だった選手や元Jリーガーがいて、彼らとの広告契約を機に会社の業績はアップした。他競技のオリンピック選手にも個々にカスタマイズしたサプリメントを提供し、トップアスリートのあいだで評判が広がっているという。最近はヨーロッパのプロサッカーリーグで活躍する選手が都内で手掛けているというトレーニングジムと提携し、ジムのオリジナルサプリメントを開発していると聞いた。

「突然連絡して悪かったな。これ、詩と奏におみやげ」

莉生はそう言って、はにかみながらショッピングバッグを直生に突きつけてくる。

「忙しいのに、悪いね」

「詩がディズニー行きたがってるって母さんに聞いたから。でも、なかなか難しいだろ、奏がいると。だからせめて、これだけでも」

渡されたショッピングバッグの中を覗くと、詩が欲しがっていたアリエルの人形が入っていた。ほかにも、いくつかディズニーのグッズが入っている。奏はわからないけれど、少なくとも詩はこの人形を手にして大いに喜ぶだろう。直生ができないことや思いつかないことを、莉生はこんなふうにすっとやってのけてしまう。

最近になって、莉生は成功した実業家としてウェブメディアなどで取り上げられることも多くなった。税理士として独立し、小さいながらも事務所を経営していた父から「将来は事業を興して社会に貢献する人間になれ」と再三言われてきた直生にとって、莉生は尊敬すべき存在ではあった。それに加えて、容姿端麗の独身貴族。女性から引く手数多《あまた》であることも、中学や高校のころから変わらない。

そんな完璧であるはずの兄なのに、目の前に現れると決まって気持ちが重くなる。それは嫉妬心が原因なのか。自分が父の言いつけを守れていないという、後ろめたさから来るものなのか。それとも――。

「時間があるときでいいから、宮城峻太朗を紹介してくれよ、な」

その言葉に、やはりそれが目的だったのかとげんなりする気持ちと、そんな下心を見せてくるのが想定通りで、妙に安心する気持ちがあった。

「じゃあ、商談があるからもう行くわ」

そう言って莉生が何気なく前髪をかき上げたとき、生え際に古い傷痕《きずあと》があるのが見えた。

「また今度ゆっくりメシでも食おう」

「……ああ」

莉生の背中が見えなくなり、気を取り直してエレベーターホールのほうを向く。

歩を進めていくと、赤い富士山の姿が目に入った。いつもと変わらない表情で、静かにじっとこちらを見つめている。

――おはよう。

足を止め、気持ちを落ち着かせようと息を大きく吸ってみた。心の波が一瞬和らいだように思えたけれど、ショッピングバッグを持つ手には力が入ったままだ。

莉生の額の傷が、まだ消えていなかった。その残像を振り払うように、直生は足早にエレベーターのほうへと歩いた。

翌日は、久しぶりの休みだった。莉生からのプレゼントを渡すことには気が乗らなかったが、預かったものをそのまま放置するわけにもいかない。詩には学校に行く前に渡してしまおうと、いつもより早い時間に起きた。

パジャマ姿のままショッピングバッグを持って、ダイニングに向かう。詩は一人でテーブルにつき、朝食を終えるところだった。

「詩、おはよう」

「おはよう。パパ、今日も早いね」

そう言った詩の視線が、一瞬にして直生の持っていたショッピングバッグに釘付けになる。そこにはディズニーのイラストが大きく描かれていた。でも、詩はぐっと堪えるように何も言わない。直生のほうから切り出すのを、じっと待っている。

「これ、莉生おじさんから」

詩は立ち上がり、直生のほうに歩いてきた。直生がショッピングバッグの口を大きく開き、詩に見せる。詩は中を覗き込んで、そっと手を入れた。ゆっくりと、アリエルの人形を手に取る。ずっと求めていた光を得たかのように、その目がぱっと明るくなる。

「莉生おじさん、来たの？」

「うん。昨日、これ持って会社に来たんだ」

「あとで、ありがとうしなきゃ」

詩は嬉しそうに人形を抱え、部屋に戻っていった。テーブルには、食べ終えた皿がそのまま残されていた。いつもは必ず自分で片付けるのに——そう思いながら、直生はその皿をキッチンのシンクに運んだ。

すると、栞が奏を連れて入ってきた。

「あの人形、お義兄《にい》さんから？」

「ああ、うん」

「申し訳ないね、いつも気を遣ってもらって。ちゃんとお礼の電話させるから」

「いいよ、伝えとくから」

「そんなわけにいかないでしょ」

直生はリビングのソファに座り、ショッピングバッグを脇に置いて、リモコンでテレビをつけた。奏がいるのでボリュームはなるべく小さくした。

「あ、プレゼント、奏のぶんもあるみたいだけど」

「そう。じゃあ、あとで見せて」

奏はそこにいるのだから、今すぐ袋から取り出して手渡せばいい。なぜそうしないのか、自分でもわからない。とにかく奏の朝食が済むまで様子を見るのだと、勝手に妙な折り合いをつける。

　すると、ランドセルを背負った詩が、直生のところに駆け寄ってきた。

「莉生おじさんに電話かけて」

「今？」

「うん」

「起きてるかなぁ……」

「早く」

「わかったよ。じゃあパパの部屋おいで」

　直生は立ち上がり、詩と一緒に寝室に行った。鞄からスマートフォンを取り出し、莉生の番号を表示する。通話ボタンをタップすると、三コール目で莉生が出た。

「朝早くにごめん。詩がお礼を言いたいって」

　だるそうに電話に出ていた莉生の声が、途端に弾んだ。スピーカーのボタンをタップしてから、詩に目で合図する。

「莉生おじさん、おはよう」

「おはよう、詩。元気か？」

「アリエルの人形、ずっと欲しかったやつだった」

「そうか。気に入ってもらえたかな」

「うん、気に入った。ありがとう」

「なかなか遊びに行けなくてごめんな」

「今度いつ来る？」

「次は多分、十二月ごろかなぁ」

「ふぅん。まだ先だね」

「詩、東京に遊びに来てもいいぞ。おじさんがディズニー連れてってやるから」

詩が、ちらりと直生を見た。

「――ううん、大丈夫」

「どうした、詩。遠慮しなくていいんだぞ。いつでも東京においで」

詩は、すっかり黙り込んでしまった。

「――じゃあ、兄貴、詩もう学校行くから」

「おお、そうか。詩、行ってらっしゃい。気をつけてな」

「はい、行ってきます」

直生はボタンを再度タップして、通話を切った。

「じゃあ行っておいで」

詩は黙ったまま小さく頷くと、表情をぴくともさせずに部屋を出ていった。

「今回のメンバー、ちょっとウザかったわ」

長く伸びた前髪を耳にかけ、嶺井《みねい》幸太《こうた》は投げやりにそう言って焼き鳥に噛みついた。カウンター席で彼の隣に座る直生は、黙ってその話に耳を傾けている。

中学の同級生である幸太からは、「来週、大阪に寄るからちょっと飲もう」と先週のうちに連絡をもらっていた。奏の事情も知っているため、会うのはいつも直生のマンションか、直生の会社のビルの地下にあるこの古びた焼き鳥屋だ。

地元の静岡で保険の営業マンをやっている幸太とは、会うのはそれほど久しぶりでもない。個人事業主と変わらない業務形態の彼は、全国の城を回っている筋金入りの城マニアで、西日本にある城に行くたびに大阪に立ち寄っては直生に連絡してくる。今回も広島城や福山城に行った帰りで、明日も何度行ったかわからない大阪城にまた行くのだと言う。

行く先々で城好きな人たちの集まりに参加し、フェイスブックの友達が三千人以上いて「もう誰が誰だかわからなくなってきた」といつも笑っている。今回は福山城に行ったメンバーが知識をひけらかすタイプの集まりだったようで、今夜はその愚痴から始まった。

行った城がどうだったかを一通り聞かされたあとは、いつも決まって同級生のあいつがどうなった、こうなったという話になる。まったく同級生と会っていない直生にとって、旧友の情報を更新するいい機会だ。

「そういや梨絵《りえ》ちゃん、この前離婚したんだって」

「へぇ、そうなんだ」

「またお仲間ができて嬉しいよ。これからだんだん増えるな」

バツイチの幸太は、そう言いながらジョッキのビールを飲み干す。

「直生は最近どうなの、仕事。忙しい？」

「うん、まぁね」

「タイガース優勝するんでしょ。そしたら、財布とかバッグとか安く買える？」

「うん、多分。デパートでセールやるからね」

社交辞令として一応聞いてはくるが、幸太はスポーツをまったく観ないので、直生から仕事の話をすることはほとんどない。話したとしても当たり障りのないことばかりだ。

直生は、ふと先日の思いがけない再会を思い出した。

「そういえば、こないだ球場で偶然中学の先輩と会ってさ」

「へー、誰？」

「持田さんってわかるかな。ブンイチって呼ばれてた人」

「ああ、わかるよ。名前の通り東大文一に行って弁護士になった人だろ」

幸太は、意外にも文一の近況まで知っていた。

「じゃあさ、佐々倉美琴って先輩のことも覚えてる？」

「もちろん。お前の兄ちゃんといろいろあった人じゃん。忘れるわけないよ」

悪気なく発せられた幸太の言葉によって、莉生の額に今も残っていた傷痕が思い出された。

直生の頬が、途端に強張《こわば》っていく。

「あれ？　あの人、そういえばお前とも――」

「いや、俺とは別に何にもないよ」

意図せず、吐き捨てるような言い方になってしまった。すると、まるで女の子に連絡先を聞くときみたいに、幸太は手慣れた様子でポケットからスマートフォンを取り出した。ジャケットの袖から高級時計がちらりと見えて、その縁が店の照明を反射させた。

「俺、佐々倉さんとフェイスブックで繫がってるよ。たしかニューヨークにいたんじゃなかったかな。ジャーナリストかなんかやってるって。メッセージ送ってみよっか」

「いいって。そこまでしなくても」

「え、じゃあなんで聞いたの？　会いたいんじゃないの？」

「違うよ。どうしてるかなって思っただけ。会ったところで特に話すこともないし」

直生の言葉に耳も貸さず、幸太はフェイスブックのアプリを起動し、検索スペースに佐々倉美琴の名前を打ち込んだ。

「あれ、最近あんまり更新してないみたいだな」

ページをスクロールしながらそう呟き、一旦トップ画面に戻ると、幸太はメッセージマークをタップした。その拍子に、誤って音声通話ボタンに指が触れた。

「あ、かかっちゃった。ま、いっか」

笑いながら、幸太がスマートフォンを耳に当てる。直生はその様子を黙って横目で窺っていた。何の躊躇もなくこういうことができてしまうところが、いかにも幸太らしいと思いながら。

「あ、もしもし。突然すみません。僕、江尻中の嶺井幸太です。一個下の。わかります？」

先方は幸太の存在をすぐに認識したようで、彼はぱっと笑顔になった。

「今、直生といるんですよ、月ヶ瀬直生。覚えてます？　ちょっと代わりますね」

幸太は、直生にスマートフォンをひらりと差し出した。

今さら何を話したらいいのかと思いつつ、受け取らないわけにもいかなくて、直生は幸太のスマートフォンをそっと耳に当てた。

「もしもし」

そう言うと、向こうからも「もしもし」というか細い声が聞こえてきた。この人はこんな声をしていたんだ、と思った。そのくらい、彼女の声は印象に残っていなかった。

「お久しぶりです」

少し畏まって言うと、「久しぶりだね」と彼女は言った。彼女がそう言ったのが、なんとなく初めてではないような気がした。

「元気にしてる？」

「はい、おかげさまで」

「そう。今、何の仕事してるの？」

「大阪に住んでて、ゲンニチでタイガースの番記者やってます。あ、ネットにも記事が載ってるんで、よかったら今度読んでみてください。名前出して書いてるんで」

「スポーツの仕事やってるんだ。よかったね」

彼女は声を弾ませた。直生の頬が、ようやく緩んだ。

「ありがとうございます」

「ねぇ、そういえば、返してもらう約束の――」

彼女がそう言いかけたところで、幸太が直生からスマートフォンを取り上げた。

「佐々倉さーん、今度飲みましょうよ。僕とこいつと三人で。今、東京っすか？」

前髪を耳元で押さえながら、幸太は陽気に会話を続けた。そして、じゃあ、と軽く挨拶してさっさと通話を切ってしまった。

「よかったじゃん、繋がって。同業者なんだから話すことなんていっぱいあるだろ。忙しいかもしれないけど、お前も昔の繋がりちゃんと大事にしろよ」

彼女の言葉の続きが気になって、幸太の話が耳に入ってこない。

自分は、何を返す約束をしていたのだろう。

「久しぶりだね」という言葉が初めてではないと感じたのは、大学時代に一度彼女と会ったことがあるからだ。

たしかあれは、都内にあるチェーンのコーヒーショップでのことだ。彼女は学生記者をしていると言っていて、大きなバッグを持っていた。そのバッグの中から、彼女は懐かしいものを取り出した――。

直生は、「あっ」と小さく声を漏らした。

21 years ago

家の外で、トラックが停まる音がした。

少しだけ開けておいた硝子窓のほうに目を遣る。先ほどまで降っていた雨が、いつのまにか止んでいた。それでも雲はまだ低い位置にどんよりと漂っていて、またいつ降り出すかわからない。梅雨が明けていないから仕方ないとはいえ、今年はいつもより雨の日が一段と多いように思う。

窓を全開にして、道を見下ろした。宅配便のお兄さんがトラックの後ろから大きな段ボールを取り出し、我が家の玄関のほうへと歩いてくる。やがてピンポーン、とインターホンの音が階下に響いた。

階段を駆け下りていくと、ちょうど母が玄関を開けようとしていた。

「もうちょっと静かに降りてきなさい」

呆れた顔をして、母が扉を開ける。その隙間から、段ボールを抱えたお兄さんの姿が見えた。わたしは母を押しのけ、奪うようにその段ボールを受け取った。

「ちょっと、美琴ちゃん！」

すみませんねぇと苦笑いして、母はお兄さんの差し出した伝票に印鑑を押した。ずっしりと重みのある段ボールを抱え、リビングへと急ぐ。

「棚の上、空けておいたから。オルゴールの隣ね」

わたしは返事もせず、半開きになっていたリビングのドアをつま先で大きく開け、棚の脇に段ボールを下ろした。

母が言った通り、木製のオルゴールの隣にスペースが空いていた。ちなみにこのオルゴールは、中学の同級生同士で結婚した父と母の思い出の品だ。蓋を開けると、ビートルズの『レット・イット・ビー』が流れてくる。この曲は二人が通っていた中学の下校の音楽だったそうで、オルゴールは結婚前に父が母にプレゼントしたものらしい。

テープをはがして段ボールを開けると、真っ白なファクス付き電話機が顔を出した。両端に発泡スチロールがついたまま持ち上げたわたしに、戻ってきた母が「もう、慌てないの」と言った。

「よっぽど欲しかったのね」

「うん。だって、これがあるとすぐに読んでもらえるかもしれないし」

そう、このファクスは、わたしが中学三年になった今年の春からずっと両親にねだっていたものだった。

受験生になってからテレビ番組を観るのはずっと我慢している。その代わり、自分の部屋でラジオを楽しむようになった。夕食を済ませたあと、七時から十時までは勉強の時間にして、十時からの三十分間は「ミリオンラバーズ」という番組を月曜から木曜まで毎晩聴いて息抜きしている。

ミリオンラバーズは恋愛がテーマの番組で、パーソナリティーの「ともこさん」がリスナーの相談に乗ってくれたり、アドバイスをくれたりする。ともこさんはおそらく二十代後半くらいだろう。声は春風のような柔らかさを纏っているのに、そのコメントはいつも夕立の雨粒みたいに鋭くて、とにかく恋愛の達人という印象だ。

わたしは中学二年の冬休みになんとなくこの番組を聴き始めて、今ではすっかり番組とともこさんの大ファンになってしまった。ともこさんに恋愛の相談がしたくてずっとハガキを送っていたけれど、最近はもうハガキで投書するのは時代遅れらしく、ファクスや電子メールでメッセージを送るのが主流なのだそうだ。それで、「テレビを観るのは我慢するから、ファクスを買ってほしい」とずっとお願いしていたのだ。

「ラジオ番組だけのために、ファクスなんか買うことないだろう」

「でも、美琴ちゃんも受験勉強の合間に気晴らしも必要だから……」

「それで受験に失敗したらどうする」

「あの子は頑張りますから大丈夫です」

そんな両親のやりとりが何度もあった末、ようやく今日になってファクスが届いたというわけだ。

わたしの部屋には電話線が届いていない。だから、母が予め用意してくれたリビングの棚の上のスペースにファクスを置くことになった。この機械には子機がついているから、これからは電話機を持って階段に座ってこそこそ話をする必要はない。自分の部屋で、しっかりプライバシーが守られた状態で友達と話ができる。そして、おそらく莉生くんとも――。

ファクスの設置を終え、操作方法をようやく覚えたころに父が帰ってきて、家族三人で夕ご飯を食べた。いつものように七時には勉強机に向かう。今日は数学を徹底的にやっつける日だ。問題集を手に取り、因数分解のページを開く。これって将来ほんとうに役に立つのかな、とふと思う。以前、通っている学習塾の三室《みむろ》先生に同じ質問を投げかけたことがあった。先生は、「大人になって何か困ったことが起きたときに、感情だけに左右されず論理的に解決するために数学を勉強するんだ」と言っていた。だから数学から逃げてはいけないのだ、と。

今日やるべきページをなんとか終えて時計を見ると、ぴったり九時半を指していた。決めていた時間よりも少し早いけれど、今日はもうじゅうぶんだ。机上の棚に立てかけてあったファイルからルーズリーフを一枚取り出し、ペンで「ミリオンラバーズ　ともこさんへ」と大きく書いた。

《ついにうちにもファクスの機械が届きました！　これからはファクスでメッセージを送ります。ラジオネーム　ツキヨミ》

そう書いて、静かに階段を下りた。説明書で読んだ通りにルーズリーフをファクスのトレイにセットして、すでに暗記しておいた東京のラジオ局の番号をプッシュする。どきどきしながら送信ボタンを押すと、ルーズリーフがズズッと音を立てて機械の中に吸い込まれ、あっという間に吐き出された。

部屋に戻り、ラジオをつける。十時になると軽快なジングルとともに番組が始まった。ちょうど今放送している連続ドラマの主題歌が流れたあと、いつもの透き通った声でともこさんがわたしのラジオネームを呼んでくれた。

「ツキヨミさん、いつもありがとう。新しいファクスが届いてよかったね。これからもメッセージたくさん送ってね。待ってるよ！」

その口調は、まるで親しい友達にでも語り掛けているみたいだった。今まで週に一度はハガキを送っていたから、ともこさんはわたしのことを覚えてくれているのだ。

ラジオネームの「ツキヨミ」というのは月の神のことだ。二年生の三学期の初め、自習の時間にたまたま図書館で読んだ日本神話の本で知った。ツクヨミともいうらしいけれど、ツキヨミのほうが好きだったのでそうした。

なぜこのラジオネームにしたかというと、去年の夏からお付き合いしている男子が月ヶ瀬莉生という名前だからだ。初めてハガキを送った今年のバレンタインの日に、彼のことを思い浮かべてこのラジオネームをつけた。

そのときはまだ、莉生くんのことが大好きだった。いや、今だってちゃんと好きだ。彼がわたしの恋人であることに変わりはない。

でも、莉生くんが今年の四月に高校生になってから、少しずつ物事が変わっていった。

＊　　＊　　＊

「今年のチーム江尻はどんな特徴がありますか？」

「チームワークのよさかな。それぞれの役割をお互いにリスペクトしてるって感じで」

「入江《いりえ》中はこの地域で最大のライバルですが、勝てる自信はありますか？」

「もちろん。敵のことは徹底的にリサーチ済みだからね。去年はあと一歩のところで負けちゃったけど、今年は序盤からしっかり攻めて隙のない闘いをするよ」

インタビューするわたしの目をまっすぐ見つめて、莉生くんは力強く語った。グラウンドの隅にある木々の若葉がカサカサと揺れて、新緑の香りが乾いた風に乗ってやってくるような、そんな季節だった。

彼は同じ江尻中の一学年上の先輩で、そのときは三年生。サッカー部のキャプテンだった。隣の学区にある入江中との交流試合を五月の末に控えていて、新聞部員のわたしが彼を取材したのだ。

名前が珍しいのと、顔立ちが整っていて女子から人気があったこともあり、彼は校内でとても有名で、わたしも入学したころから彼の存在を知っていた。けれど、個人的に仲良くなりたいと思ったことは一度もなかった。

でもこのときの受け答えがとてもハキハキしていて、目が輝いていてまっすぐで、彼が放つ前向きな力に心が動かされるのを感じた。

みんなが言う通り、素敵な人なんだな——素直に、そう思った。

それでも、彼が素敵な人であることは、わたしには一切関係ないことだ。そう強く自分に言い聞かせた。彼にとって自分は見たこともない後輩で、そもそもインタビューの場でなければ口もきいてもらえないだろう、と。

それなのに、インタビューが終わっても莉生くんはわたしとの会話をやめようとしなかった。

「二年生だよね。何組？」

「A組です」

「じゃあ林間学校で一緒の集団だ。また会えるね」

莉生くんの笑顔を見て、鼓動《こどう》が波打つのがわかった。日焼けした肌とは対照的な白い歯が、綺麗に並んでいた。

「試合も観に来てよ」

気さくな感じで、莉生くんが言う。でも、その言い方がなんとなく慣れた感じで、きっとほかの女子にも同じことを言っているのだろうと思ってしまった。

「新聞部員として取材には行くつもりです」

わたしは目を伏せて、そっけないふりをする。

「そうじゃなくて、ちゃんと俺の応援って意味で来てよ」

視線が泳ぐのを隠したくて、ぐっと顎に力を込めて俯いた。

「なーんてな」

いたずらっぽく言いながら、彼はわたしの頭のてっぺんを掌でぐっと摑んだ。ゴツゴツして大きい、温かい手だった。

「おーい！　莉生、始めるぞ」

遠くからサッカー部のメンバーの一人が彼を呼んだ。莉生くんが声のほうを向いて「おう」と返事をする。まだ行かないでほしいな——気がつくと、わたしはそんなことを思っていた。莉生くんはもう一度こちらを見て、また白い歯を見せた。そして、くるりと方向転換して部員たちのほうに走っていった。

その日から、校内で出くわすと莉生くんは必ず声をかけてきた。最初に会ったときと同じように、わたしの頭のてっぺんを大きな手で掴んでは、肩まで伸びた髪をくしゃくしゃと豪快に乱してわたしを怒らせた。

「ちょっと、美琴って月ヶ瀬先輩となんかあるの？」

その様子を教室の中から見ていたクラスメイトの竹下彩子《たけしたあやこ》が、長めのポニーテールをゆらゆらさせながら聞いてくる。

「あるわけないじゃん」

「だって、会うたびに絡んでくるし」

「からかわれてるだけだよ」

そう言いつつもなんだか嬉しくて、休み時間が来るたびに莉生くんとまた会えないかと心が躍った。

やがて莉生くんとわたしは昼休みや放課後を一緒に過ごすようになった。ある日、莉生くんの卒業後の話になって、彼がサッカーの強い高校から声がかかっていて、形だけ受験すれば合格できることを知った。

「そこ、Jリーガーがたくさん出てるんだ。もちろん俺もその道を目指すつもり」

サッカーの話をするときの莉生くんはいつも野心を剝き出しにして、目を一段と輝かせる。その姿が、わたしの目にはとりわけ魅力的に映った。

「美琴は、将来何になりたいの？」

「わたしは――」

「何？」

「恥ずかしいけど、ジャーナリスト。世界を股にかけて活躍するような記者になりたい」

「へぇ、だから新聞部なんだ」

「うん。でも人見知りだし、なれるかわかんないけど」

「なれるよ」

「え？」

「なれるよ、美琴なら」

莉生くんはそう言ってまたわたしの頭をぐっと摑むと、髪をくしゃくしゃにして笑った。彼のまっすぐな目を見ていると、不思議となんでもできそうな気がした。一緒に見上げれば曇り空だって眩しく見えたし、彼の隣を歩けば、通り過ぎた車の排気ガスも甘い思い出の香りになる予感がした。

莉生くんとわたしが一緒に帰ったり、ファストフード店に出入りしたりするのを三年生の女子に見られたことがあった。ある日、下駄箱の扉にはめてあるはずの紙のネームプレートが外されているのに気づいた。下駄箱を開けると、ネームプレートが細かく刻まれて、上履きの手前に盛り塩のように置かれていた。

その数日後の昼休み、とうとう女子の先輩たちに呼び出された。

「佐々倉さん、自分の立場わかってる？」

「莉生くんはあなたが付き合えるような人じゃないから」

「あんまり調子づいてると、痛い目に遭うよ」

三人の先輩が、立て続けにそんなことを言ってくる。わたしが付き合える人かどうかなんて、そんなの誰が決めるんだろうと思ったけれど、その場では何も言えなかった。怒りや悲しみを堪えるうちに、莉生くんへの想いは少しずつ膨らみ、揺るぎないものへと形を変えていった。

六月末になり、恒例となっている林間学校が始まった。林間学校では、毎年のように全校で富士宮市の朝霧高原に行く。

莉生くんは三年A組で私は二年A組なので、わたしたちはその林間学校のあいだ「A集団」として同じグループに属し、そのシンボルである赤いバンダナを身につけた。校内で相思相愛のカップルは林間学校でこのバンダナを交換するのが伝統になっていると、一年生のときに上級生から聞いたことがあった。

昼間のグループワークでは男子と女子が違う班になるため、莉生くんと一緒に行動することはない。でもハイキング中にすれ違ったとき、莉生くんが気さくに話しかけてきたり、またわたしの頭を摑んできたりした。それを見ていた女子の先輩たちの目が一段と冷ややかだった。

夕方には飯盒炊爨《はんごうすいさん》が始まり、それが終わると集団ごとに行うキャンプファイアの時間だ。キャンプファイアの終盤にはラブコールという告白タイムがある。みんなから名前を呼ばれた男子が、好きな女子の名前を叫んで告白するという習わしだ。一年生のころにその光景を見たときは驚いたけれど、それを機に相思相愛になった男子と女子がその場でバンダナを交換するシーンはとてもドラマチックだった。

「月ヶ瀬先輩から告白されちゃうんじゃないの？」

山の神（といっても担任の川井《かわい》先生が仮装しているだけだけれど）による厳《おごそ》かな点火の儀式を見ながら、彩子がそう囁いてきた。莉生くんはそのつもりかもしれないと、わたしも思っている。でも、そうなることが少し怖かった。

集団長が自然への感謝の言葉を述べ、みんなでフォークダンスを踊り、そのあと「燃えろよ燃えろ」を歌った。滞りなく行程が済んだあと、先生たちがすっと後ろに身を引いた。それを合図に三年生の男子の一人がみんなの前に躍り出てきて、「これからラブコール行きまーす！」と叫んだ。

みんなが指笛を鳴らし、声にならない歓声を上げる。隣にいた彩子がこちらを見てにやりと笑った。男子の名前が呼ばれては、好きな女子の名前を叫び、その女子がA集団ならばその場で告白して、破れたり、結ばれたりした。バンダナを交換する姿を見て、羨ましいような、怖いような、複雑な思いがした。

「じゃあ、次は月ヶ瀬！」

誰かが叫び、みんなが彼の名前を合唱する。莉生くんが照れ笑いしながら、ゆっくりとみんなの輪の中心まで歩いていく。彼がその場に立つと、あたりはしんと静まり返った。

「えー、今さら言うまでもないと思うけど――」

莉生くんはさらさらした前髪を両手でかき上げながら、わたしのほうを見た。

「俺は、二年A組の佐々倉美琴さんが好きです！」

彩子が興奮気味にわたしの肩を摑み、揺らした。何かを叫んでいるようだけれど、その声はわたしの耳まで届いてこない。

莉生くんがこちらを見つめたまま、ゆっくりと歩いてくる。彼は首に巻きつけていた赤いバンダナをおもむろに外し、それをわたしに差し出した。みんなの視線がわたしたちに注がれているのを、痛いほど感じた。

わたしは莉生くんからバンダナを受け取り、自分のバンダナを莉生くんに渡した。莉生くんは雄叫びを上げながら、バンダナを摑んだ手で誇らしげにガッツポーズをしてみせる。まわりからは歓声と悲鳴が聞こえてきた。怖かったけれど、やっぱり嬉しかった。

キャンプファイアが終わって宿舎に戻ると、莉生くんがやってきた。手にはわたしのバンダナを持っている。

「これ、大事にするよ。大人になってもずっと持ってるから」

彼はそう言って、バンダナを広げて首に巻いた。

「美琴、嫌じゃなかった？」

「何が？」

「あんなふうに、みんなの前で告白なんかされて」

「ううん。嬉しかったよ」

「三年の女子にいろいろ言われてるの、知ってたからさ」

「そんなの全然平気だよ」

莉生くんは、そっとわたしの手を取った。

「何かあったら、次はちゃんと俺に言えよ」

小さく「うん」と言うと、彼も力強く頷いた。そしてわたしの手を引いて、キャンプファイアをやっていた宿舎の裏の広場にもう一度連れていった。

そこには三メートルくらいの高さのトーテムポールがあった。莉生くんはポケットからマジックを取り出し、宿舎から漏れてくるわずかな光を頼りにして、そこに「月ヶ瀬莉生」と書いた。そして何も言わずに、そのマジックを差し出す。

わたしはマジックを受け取って、その横に「佐々倉美琴」と書いた。並んだ二つの名前を見つめていると、彼はわたしの肩を優しく抱き寄せた。

「俺たちずっと一緒だぞ、これから」

莉生くんが、耳元で囁いた。肩に彼の温かい鼓動が伝わってきた。

＊　＊　＊

まだ六月だというのに、今日は朝から気温がぐんと上がって、とても暑い。突き抜けるような青空で、もう梅雨が終わってしまったかのようだ。家を出るとき下ろしていた髪を、歩きながら後ろで一つに束ねた。それでも、この暑さはなかなか凌げない。

急ぎの原稿を書くため、いつもより早い時間に登校した。部室に入り、壁の時計を見る。七時二十分、予定通りだ。室内の空気が蒸し暑さで澱んでいたので、風を入れようと窓を開けた。するど、ポーン、ポーンとテニスボールを打つ音が聞こえてきた。誰かが朝練で壁打ちをしているようだ。テニスコートのほうを見ると、見覚えのある姿があった。莉生くんの二歳下の弟だ。彼の存在はもちろん知ってはいたけれど、まだ一度も話したことはなかった。

彼は莉生くんとは似ていない。莉生くんはわりと目が大きくて、はっきりした顔立ちをしている。でも、弟の目は細くて切れ長で、顔全体がさっぱりとした印象だ。それでも、部活で日焼けした肌は同じ色をしていた。

小難しい生徒会の原稿をなんとか書き終え、朝の会が始まる三年B組の教室へと向かう。廊下の時計は八時五分。朝の会は八時十五分からなので、まだ時間に余裕がある。

わたしは校舎の玄関先にある、最近新設されたばかりの水飲み場に立ち寄った。そこが校内でいちばん清潔な水道だからだ。左端の蛇口で水を飲んでいると、右端の蛇口の前に誰かがやってきて水を飲み始めた。

顔を上げると、莉生くんの弟がそこにいた。たしか名前を直生くんという。

彼はテニスラケットを小脇に抱え、豪快に水を飲んでいた。そして、一息ついて蛇口の栓を閉め、こちらを一瞥《いちべつ》した。

「あ、どうも」

無愛想に直生くんは言った。その言い方や目つきから、彼がわたしを兄の恋人だと認識していることがなんとなくわかった。

「どうも」

彼と同じくらい、無愛想に挨拶してみる。

「サッカー部じゃないんだね」

ちょっと嫌な言い方をしてしまったかなと、言った直後に反省した。

「あんな兄がいたら入りたくないですよ。どうせ比べられるし」

彼は遠慮がちに苦笑いした。そのとき口が左右に開いて、綺麗な歯並びをしているのが見えた。それは莉生くんととてもよく似ていた。

「じゃあ、失礼します」

軽く会釈して、彼が去っていく。その後ろ姿を見つめながら、弾むような歩き方も少し似ているかもしれないと思った。

すると、「佐々倉」と後ろからわたしを呼ぶ声がした。振り向くと、新聞部の部長の持田文一が立っていた。みんな彼のことを「ブンイチ」と呼ぶ。

「あ、ブンイチおはよう」

「おはよう。今のって月ヶ瀬先輩の弟？」

「そうだよ。今日初めて喋った」

「ふぅん。似てないね。性格も似てないといいけど」

「どうして？」

「別に」

そっけなく言って、ブンイチは太い眉を片方だけくいっと上げた。

二人並んで、三年生の教室へと階段を上っていく。湿気を纏った風が踊り場の窓から入ってきて、わたしたちの頬を撫でる。

ブンイチは新聞部のファイルと一緒に、辞書のような分厚い本を小脇に抱えていた。ポケット六法だ。弁護士を目指している彼は、いつもお守りのように法令集の書物を持ち歩いている。そんな書物が世の中に存在することを、彼が持っているのを見て初めて知った。

「重いのに、よくずっと持って歩けるよね」

ブンイチがそう指摘されることが嫌いではないと、わたしは知っている。

「持ってないと落ち着かないんだよ。夢が遠のくような気がして」

「そこまでしなくても、ブンイチなら間違いなくなれるでしょ」

ブンイチにとって弁護士になることはもはや夢なんかではなく、すでに決められた未来だ。

彼は必ず思い通りの人生を、確信をもって歩いていくだろう。そんな彼はわたしのことを、恋にうつつを抜かした怠け者だと思っているかもしれない。もっとも、その恋だって今はうまくいっていないのだけれど。

「佐々倉は受験するとこ決めたの？」

「一応、御門台《みかどだい》目指してみようと思ってる」

「それなら高校に行っても一緒だね」

御門台高校はこの地区でいちばん偏差値が高く、東大や京大に進む人もたくさんいる。そんな高校に自分が入るのが当たり前のように話しているブンイチが、なんだか眩しく見えた。そして、おそらく彼は受験に失敗することもないだろう。全国模試でもトップテンに入るくらいの秀才なのだから。

「佐々倉が行きたいのって、明美《めいび》大学のジャーナリズム学科だっけ。だったら頑張って御門台に行っておいたほうがいいね」

「そうなの。だから、恋愛にかまけてる場合じゃないってわかってるんだけどね」

ブンイチに見透かされるのが嫌で、言いたいことはわかっているよと、そんな気持ちでつい先走ってしまった。でも、ブンイチは興味なさそうにどこか遠くを見つめながら、冷静に応えた。

「それは個人の自由だから。ちゃんと自分に厳しくできるなら恋愛したって別に構わないと僕は思うけど」

ブンイチはわたしが莉生くんと付き合っていることを知っているけれど、彼のことをよく思ってはいないようで、わたしの恋の話はあまり聞きたがらなかった。いつもこうやって一般論として返したり、すぐに話題を変えたりする。

三年B組の教室の前に着いた。じゃあ、とわたしが言うと、ブンイチはまっすぐこちらを向いた。

「大丈夫だよ。将来性あるから、佐々倉は」

嫌みのない上から目線でそう言って、ブンイチはC組のほうに歩いていった。


夕食を済ませて、勉強机に向かう。今日は古文の日だ。問題集を解きつつ、章の終わりに掲載されている百人一首のコラムを読む。すると、「ざらまし」の活用例として紹介されていた短歌が目に留まった。

《逢ふことの　絶えてしなくは　なかなかに　人をも身をも　恨みざらまし》

藤原朝忠《ふじわらのあさただ》の歌だという。解説を読むと、もし会うことが絶対にないのであれば、あの人のつれなさも我が身のつらさも恨むことなどないのに、とあった。

いっそ、出会わなければよかった。そうすれば、彼のことで悩むことも、こんなにつらい思いをすることもなかったのに——自分にも思い当たる節がありすぎて、気持ちが重くなる。

すると、ドアをノックする音がして、子機を持った母が顔を出した。

「美琴ちゃん、莉生くんから」

莉生くんとの交際を知っている母は、わたしが喜ぶと思ったのだろう、満面の笑みを浮かべている。わたしは作り笑いをして、母から子機を受け取った。

母がドアを閉めた瞬間、その手が強張っていく。保留ボタンを解除するピッという音が、部屋の中でやけに大きく響いた。

「おう、元気にしてるか?」

莉生くんの声だ。その口調は平坦で、そこに愛情が含まれているのかどうか、まだ経験の足りない自分にはわかるはずもない。

「うん。元気だよ」

「夏休み、部活が休みの日があるから旅行でも行こうぜ」

わたしが黙っていると、「おい、聞いてる?」と莉生くんが言ってくる。

「夏期講習あるし……旅行ってなると親も許してくれないと思う」

そもそも中学生の立場で男の子と旅行なんて行けるはずがない。そんなお金もないし、受験生なのだから時間もない。

「美琴だったら俺の高校なんて余裕で受かるだろ。夏期講習なんか行かなくていいよ」

そう言って、莉生くんは鼻で笑った。

莉生くんの高校はサッカーが強いことで全国的に有名ではあるけれど、決して偏差値が高いわけではなかった。その高校に進んだら、明美大学に進学するのは難しくなる。いくら好きだからといって、自分の偏差値よりも低い水準の高校に行くのは間違っている。こういうことはなるべく早く伝えたほうがいい。

「莉生くんと同じ高校には行かないと思う。ごめん」

顔が見えなくても、少しの沈黙でむっとしているのが伝わってきた。

「お前さぁ」

莉生くんの声が、一瞬にして耳を突くように鋭くなる。

「中学生の女と付き合ってるなんて、俺恥ずかしくて誰にも言えないんだよ。だけど、お前が付き合いたいって言うから付き合ってやってんのに。わかってる?」

一瞬、もやっとした。だけど、たしかにわたしは莉生くんのことが好きだ。付き合っていたいとも思う。でも――。

「お前がそういう態度なら、俺のこと好きな女がほかにもいるからさ。別にそっち行ってもいいけど?」

なんと返したらいいのかわからなかった。媚びてでもいいから、この場だけでも機嫌をとって彼の気持ちを引き留めるべきなのか。そうすれば、トーテムポールに二人で名前を書いて、ずっと一緒だと囁いてくれたときみたいに、また優しくなってくれるだろうか。それとも、だったらそっちの女の子のほうに行けばいいと、強い気持ちで突き放すべきなのか。

胸のあたりをぎゅっと押さえ、懸命に言葉を探す。早く何か言わなければ、莉生くんを失ってしまうかもしれない。でも、正解はそう簡単には浮かんでこない。塾の三室先生が言ったように、こんなとき理論的に考えられるようになるために数学があるのなら、わたしはまだ勉強が足りていないのだろう。

するると、莉生くんのものではない小さな息遣いが、子機からかすかに聴こえてきた。「あれ？」と莉生くんが呟く。

「おい、もしかして直生か？」

莉生くんの声がさらに荒くなった。

「お前、人の話盗み聞きしてんじゃねーよ！」

怒号《どごう》のあと、ガチャ、と鈍い音がして電話が切れた。

心臓の動きが速くなっている。体の内側に知らない誰かが入り込んで、力まかせにノックしてくるみたいだ。わたしは震えそうな手で、机の棚にあったファイルからルーズリーフを一枚取り出した。ゆっくりと息を吐き、胸に手を当てて呼吸を落ち着かせる。

ペンを手に取り、「ミリオンラバーズ　ともこさんへ」と書いた。

なぜ、人の心は変わってしまうのでしょうか。なぜ、あれだけ好きだと言ってくれた人が、こんなにも冷たくなるのでしょうか。生まれて初めて抱いた疑問を、涙を堪えながら殴り書きする。

音を立てないように、一階へと降りていく。リビングでは父がこちらに背を向けてソファに座り、テレビを観ながら晩酌《ばんしゃく》していた。どうやら母はお風呂に入っているらしい。わたしは背中を丸め、気づかれないように息を潜めながらファクスを送った。

部屋に戻り、ラジオをつけた。ベッドの端に座って、窓に映った自分の姿をぼんやりと眺める。その顔は理想とはほど遠い、すがるような切ない表情をしていた。

五分ほどすると、耳慣れたジングルとともに番組がスタートした。二曲目が終わりかけたところで、「ラジオネーム、ツキヨミさんから今日もメッセージいただきました」とともこさんが言った。

「――そうね。人の心は変わるよね。でも、変わるからこそ新しい出会いがあったり、新しい恋があったりするんだよね。だから、変わるのも悪いことじゃない。一時的にはつらいかもしれないけど、それは長い目で見れば変化じゃなくて進化だと思って、前を向いていきましょう」

そして、ともこさんは違う誰かのメッセージを読み始めた。

莉生くんは高校生になってから、急に高圧的な態度をとるようになった。

わたしの前で、これ見よがしにほかの女子と仲良さそうに話すようになった。

それなのに「お前はほかの男子とむやみに口をきくな」と、異常なほどの独占欲を見せるようにもなった。それも、すべて進化なのだろうか。

わたしには、とてもそんなふうに思えなかった。

翌朝も、原稿を書くために早い時間に登校した。頬がかろうじて感じ取れるほどの小雨が降っていて、わたしは畳んだ傘を手に早足で校門を通り過ぎた。

部室に入り、時計が七時二十分ちょうどを指しているのを確認する。部屋の奥までまっすぐ歩いていって窓を開けた。天気が悪いから今日はいないかもしれないと思ったけれど、テニスコートには直生くんの姿があった。

窓際まで机を持ってきて、ポーン、ポーンと規則正しくテニスボールを打つ音に耳を傾けながら原稿を書いた。たまに窓の外を眺めては、彼がラケットを振る姿を確認するように見つめた。

原稿を書き終え、八時五分に席を立つ。部室のドアを開けると、雨の匂いを孕《はら》んだ生温い風が纏わりつくようにわたしの体を包んだ。

玄関先の水飲み場まで、小走りで駆けていく。いちばん左の蛇口を捻り、勢いよく噴き出した水をそっと口に含んだ。やがて直生くんが、この前と同じようにいちばん右の蛇口の前にやってきた。

顔を上げて彼のほうを見ると、頬骨のあたりに殴られたような跡があった。

「それ……もしかして莉生くんにやられたの？」

直生くんは答えない。蛇口をぎゅっときつく絞って、こちらを見ずに話し始める。

「わざと聞いてたわけじゃありません。友達に電話しようと思って受話器を上げたら、たまたま聞こえてきただけなんで。すみませんでした」

小さく頭を下げると、直生くんはわたしを避けるように行ってしまった。

その日の放課後、明日から始まる林間学校を前に決起集会が行われた。体育館には各学年の組で形成される集団ごとにプラカードが立てられていて、わたしはB集団の二班の列に並んだ。隣の一班の列を見ると、そこには直生くんが立っていた。彼が二年B組で同じB集団であることは、五月の体育祭で同じ青組になったときに知っていた。直生くんは一瞬だけこちらを見たけれど、視線を落とすようにして目を逸らした。

「明日、お天気大丈夫かなぁ」

隣にいた彩子が、わたしの耳元で不安そうに呟く。

「キャンプファイアがあるかどうかで、私の運命変わるんですけどぉ」

彼女は今年、同じクラスの男子からラブコールで告白される予定なのだ。すでに本人から宣言されているらしい。ポニーテールに縛りつけた青いバンダナを愛《いと》おしそうにいじる彩子を見て、去年のことを思い出した。

二人で書いた名前は、まだあの場所に残っているのだろうか。肩で感じた莉生くんの鼓動まで思い出されて、急に息が苦しくなる。

その様子に気づいたのか、彩子が優しく肩を撫でてくれた。彼女は、莉生くんとわたしのあいだに起きていることを知っている唯一の友達だ。

「美琴、元気出してね」

「うん、ありがと。楽しみだね、今年のラブコール」

なんとか頑張って笑みを作り、彩子のほうを見る。彼女は照れ隠しするように、バンダナのリボンを縛り直した。

ふと直生くんの姿が目に入った。彼は殴られた跡を隠すように俯き、黙って林間学校のしおりを読んでいた。


翌日、わたしたちは朝霧高原にやってきた。

去年もおととしも壮大な富士山が視界一面に見えたけれど、今年はやはり天気が悪く、どの方角の景色もぼんやりと霞んでいる。風も冷たくて、少し肌寒い。わたしは草色のパーカーを羽織り、ジッパーを首元まで上げた。

ポケットの中には、新聞部の備品として購入した小さなデジタルカメラが入っている。林間学校の様子も記事にする予定で、いい画があればどんどんシャッターを切るつもりだけれど、この天気だとあまり期待できそうにない。

小雨がちらつく中、グループごとにハイキングに出かけ、夕方になると飯盒炊爨が始まった。日の入りごろには食事も片付けも終え、日が完全に落ちるとキャンプファイアの時間になった。そのころには雨もすっかり止んでいた。

山の神の登場を静かに待っているあいだ、わたしは直生くんのほうを見た。彼の顔には、まだ殴られた跡がうっすらと残っていた。きっと担任の先生からも事情を聞かれただろう。誰に殴られたか知っているわたしにも認めないくらいだから、兄にやられたとは誰にも言わないつもりなのかもしれない。

昨年と同じように点火の儀式があって、フォークダンスを踊って、「燃えろよ燃えろ」を歌った。ラブコールの時間になると宣言通りクラスの男子が彩子に告白して、二人はみんなの前でバンダナを交換した。彩子はとても嬉しそうだった。わたしは去年彼女がしてくれたように彼女の肩を興奮気味に揺らし、飛び跳ねて喜んだ。彼女は去年のわたしと同じように幸せの絶頂にいた。

キャンプファイアが終わると広場は静まり返り、宿舎では消灯時の点呼が行われた。班のリーダーが電気を消すと、わたしは隠れるように布団に潜り込んだ。みんな、早く眠って――そう願いながら、まわりの様子を窺う。

少しずつ、寝息が聞こえてきた。枕元に置いておいたパーカーを羽織り、懐中電灯をしっかりと握りしめる。音を立てないように、そっと部屋の引き戸を開けた。非常灯のかすかな光を頼りに、玄関の脇にある水道に向かう。シンクの隅に置いてあったスポンジを手に取り、水の落ちる音が聞こえない程度に蛇口を捻って水分を含ませた。そして棚の上にあった洗剤のボトルを持ち、宿舎を出た。

もし見つかったら、勝手な行動をしたという理由で反省文の対象になるだろう。みんなの前で謝ることになるかもしれない。

それでも構わない、と思った。懐中電灯を照らし、広場に向かって足早に歩いていく。トーテムポールの前にたどり着くと、灯を当ててその場所を探した。

少しだけ褪《あ》せてはいたけれど、莉生くんとわたしの名前は一年前とほぼ同じ形で残っていた。二人のフルネームが、仲睦まじく並んでいる。

「俺たちずっと一緒だぞ、これから」

わたしの肩を抱き寄せて囁いた莉生くんの声が、また蘇った。甘い響きを振り払おうと、お腹の底から強く息を吐く。水を含んだスポンジに洗剤をつけて、並んだ二つの名前を強くこすった。力を込めて、何度もこすった。

でも、油性マジックで力強く書かれた二つの名前は、まったく消える気配がなかった。

何がいけなかったのだろう。どこで歯車が狂ってしまったのか。どこまで日々を巻き戻せば、こうならずに済んだのか。こんなことになるとわかっていたら、あのとき、ブレーキをかけることだってできたのに——そんなふうに思ったら、鼻の奥が痛いほど熱くなった。

すると、後ろから懐中電灯の光がゆらゆらとやってきて、わたしの背中を照らした。先生に見つかってしまったかと、降参したように振り向く。光の角度をくいっと上げて、懐中電灯の持ち主が自分の顔を照らした。直生くんだった。

彼は何も言わずに近づいてきて、わたしの手からスポンジを奪い取った。トーテムポールに書かれた二つの名前を照らし、力を入れてこする。

「消えない——」

直生くんは悔しそうに、強くため息をついた。

「あんなこと言われて——もう、別れればいいのに」

その言葉で、最後の力がふっと抜けてしまった。涙を堪えるのは、もうあきらめることにした。

「あのときの電話、ほんとうは全部聞いてたんだね」

「――すみません」

直生くんはスポンジを持っていた手を、力なく下ろした。

「去年は僕もA集団だったから、兄の告白を見てたんです。それからは兄の恋人として、ちょっとだけ気にかけてました。うちの部活の取材に来たときも、あ、あの人だって思って」

わたしはその場にしゃがみ込み、パーカーの袖で溢れてくる涙を拭った。直生くんはわたしの隣で、お尻を地面につけてあぐらをかいた。そして、「見つかっちゃうから消しますね」と言って二つの懐中電灯を消した。

「佐々倉先輩のこと、しっかりしてる感じの人なのかなって思ってました。だから、まさか兄のことでこんな目に遭ってるなんて」

パーカーの袖に顔を埋め、直生くんの声に耳を傾ける。顔を上げるのに相応《ふさわ》しいタイミングが、なかなか見つからない。

「もっとかっこよくいてほしいなって思います」

袖から、そっと顔を離した。直生くんのほうを見ると、彼の黒い瞳がわたしをとらえているのがぼんやりと見えた。彼と同じように、お尻を地面につけて座ってみる。昼間の小雨で芝生が少し湿ってひんやりとしていた。

「かっこよくなんかなれないよ、わたし」

涙声を隠したくて、力を振り絞って笑ってみる。目がだんだん闇に慣れてきて、霞んだ月に照らされた直生くんの輪郭《りんかく》が徐々に浮かび上がってきた。

「高校、兄とは違うところに行くんですね」

「うん。私は御門台高校に行きたいと思ってて。行けるかわからないけど。行きたい大学が東京にあるから」

「何か、勉強したいことがあるんですか？」

「うん――将来ジャーナリストになれたらいいなって。だから、その勉強ができる大学に行きたいの」

「へぇ。かっこいいじゃないですか」

「そんなことないよ。そっちは？　将来、何になりたいの？」

「僕はそんなの決まってません。父親が小さな税理士事務所をやってるんですけど、継がなくてもいいから自分で事業を興して社会に貢献しろって言われてます」

「そっちこそ、かっこいいじゃん」

「でも、何をやりたいかなんて全然わからなくて。兄にはJリーガーになる夢があるんで、僕はちゃんと父の言うことを守って事業を興せたらいいなって。漠然《ばくぜん》と」

「高校は？」

「できればテニスが強いところに行けたらと思ってます」

「部活、頑張ってるもんね」

「ほんとうは、サッカー部に入りたかったんですけどね」

「入ればよかったのに。せっかくお兄ちゃんいるんだから」

「前も言いましたけど、あんな兄がいると弟も当然上手いだろうって思われるから。その期待に応えられる自信がなくて」

「そんなこと気にしなくても」

「デキる兄を持つと気になっちゃうんですよ、いろいろ」

直生くんは湿った芝生をいじりながら、俯いて言った。

手を伸ばし、直生くんの頬の痣《あざ》あたりにそっと触れる。直生くんはわたしの手が近づいてきたことに気づかなかったようで、ビクッと体を震わせた。

「ごめんね。痛かったでしょ」

「先輩のせいじゃないから」

彼はわたしの手を摑んだ。頬に触らないでほしいから摑んだのか、それとももっとほかの意味があるのか、聞きたくても聞き方を知らなかった。摑まれた手を慌てて引っ込めて、彼から目を逸らす。

どのくらい時間が経っただろう。沈黙の中で、わたしたちはただお互いの呼吸の音だけに耳を傾けていた。時折、彼が何かを言いかけたような気がしたけれど、その口から言葉が出てくることはなかった。何も喋らなくても、隣に直生くんが座ってくれているだけで、なんだかとても心地よかった。

だんだんと、東の空が明るくなっていく。六月の朝は早いとはいえ、あっという間に夜が明けてしまった。何も喋らなくてもいいと思っていたのに、いざ夜明けが来ると、もっといろんなことを話しておけばよかったと少しだけ悔やんだ。

立ち上がるきっかけが、なかなか摑めない。すると、直生くんが突然「あっ」と呟いた。

「お腹空きません？　バナナ、食べます？」

「え？」

「さっき宿舎の食堂から一つくすねてきたんですけど」

彼は着ていたジャンパーのポケットから一本のバナナを取り出した。まだ少し硬そうな皮を丁寧に剝き、わたしに差し出す。

「先にどうぞ」

「え、いいよ。先に食べて」

「レディーファーストってやつで。どうぞ」

受け取ると、甘さと青臭さが混じったような香りが鼻先を刺激した。ゆっくり、一口食べてみる。まだ少し硬くて、甘みも足りない。それでも頰が喜ぶのを感じた。

「おいしい」

「全部食べていいですよ」

「え、いいよ。あとは直生くんが食べて」

押しつけるように、残りを直生くんに渡す。彼は食べかけのバナナを少しだけ見つめてから、大きな口を開いて一気に食べた。咀嚼しながら、彼は「あっ」と再び声を上げた。

彼の視線の先を追いかけると、巨大な山のシルエットが空一面に浮かび上がっている。

しばらくのあいだ、二人でその姿を見つめた。

表情を黒く隠したままだけれど、それでも堂々と鎮座している。そして、時間の経過とともに、山肌がゆっくりと赤みを帯びていく。

やがて東から金色の朝日が顔を出した。その光線が、スポットライトのように鋭く頂上を照らす。これから新たに始まる一日が、特別なご褒美のように思えた。今は余計なことは考えず、前に進めと背中を押されたような気がした。

「今日はいい天気になりそうですね」と、彼が言った。

「そうだね」と、わたしは答える。

パーカーのポケットに手を突っ込むと、デジタルカメラが指にあたった。取り出して電源を入れ、レンズを山のほうに向ける。ピントが合ったことを知らせるピピッという音を合図に、シャッターボタンを押した。

「うーん、やっぱりデジカメじゃ伝わらないね」

そう言って、直生くんに液晶モニターを見せる。

「いつか夢を叶えたら、伝わるように撮ってくださいよ。ジャーナリストが持ってるようなでっかいカメラで」

その言葉がなんだかこそばゆくて、照れ隠しで彼にレンズを向けた。彼はあからさまに嫌がったけれど、遠慮せずにシャッターボタンを押した。撮っておけば、いつかその写真を見て元気になる日が来るような気がしたのだ。

あたりはすっかり明るくなっていた。空の眩しさに、思わず目を細める。ふと直生くんのほうを見ると、ズボンのポケットから青いバンダナの端が飛び出していた。手を伸ばし、ぐいっと引っ張り出す。

「ねぇ、これもらってもいい？」

彼は戸惑っていた。バンダナの交換は校内カップルの証になるからだ。

「直生くん、彼女いるの？」

「いや、いませんけど」

「だったらいいじゃん。わたしと交換」

パーカーのポケットから自分のバンダナを取り出し、直生くんの手に無理やり押しつける。直生くんが困っているのが視界の端でわかった。そんな大胆なことをするなんて、自分でも驚いている。直生くんは隠すように、わたしのバンダナを急いでジャンパーのポケットに仕舞った。

腕を左右に大きく広げ、深く息を吸ってみる。山から降りてきたばかりの冷たい空気が、肺の奥まですっと心地よく入っていった。

「戻ろうか。反省文になっちゃう」

戻りたくなんかなかった。でも、あえてそう言ったのは、先輩としてわたしが彼を守らなくてはいけないと思ったからだった。

夏休みに入った七月下旬のある日、午前十時ごろ学校に行った。中体連を機に新聞部の活動が二年生に引き継がれるので、部室に置いてある私物を片付けなければならなかった。

この時期になるといつもは本格的な暑さが到来しているのに、今年は曇天《どんてん》や小雨の日が多くて、上着や傘がなかなか手放せない。部室の窓を開けると、今にも雨を降らせそうな重たい空が広がっていた。それでも月末に迫る大会に備えてか、直生くんは熱心に練習をしていた。

鞄に入っていたデジタルカメラを取り出し、電源を入れて彼のほうにレンズを向けてみる。でも、望遠機能が乏しいこのカメラでは、遠くにいる彼の姿は豆粒ほどの大きさにしかならない。仕方なくシャッターを切るのをあきらめた。

液晶モニターを見つめ、過去の撮影画像を再生していく。改めて見ると、あの日の富士山は意外とよく撮れていた。朝焼けに染まった姿が、ほぼ記憶の通りに再現されている。次の画像は撮影を嫌がっている直生くんの写真だった。あのときはもっと嫌がっているかと思ったけれど、液晶モニターの中の彼は笑っていた。綺麗に並んだ白い歯がしっかりと見えていた。

ポーン、ポーンという規則正しい球の音のほうに、再び視線を投げる。

すると、後ろでガラッとドアが開く音がして、ブンイチが入ってきた。

「どうしたの、窓の外なんか見て」

「別に、なんでもないよ」

慌ててスカートのポケットにデジタルカメラを隠す。

「片付け今日中に終わらせないとね」

わたしが言うと、ブンイチは「そうだね」と呟いて鞄を椅子の上に置いた。なぜだか、訝《いぶか》し気にこちらを見ている。

「佐々倉、何かあった？」

「え、なんで？　何もないよ。ちょっと水飲んでくるね」

部室を出て、水飲み場のほうへと駆けていく。しばらく近くをうろうろしていると、練習を終えた直生くんがやってきた。

「どうも」

彼は最初に会ったときと同じように挨拶して、豪快に水を飲んだ。

「練習、終わった？」

「はい。今日はこのくらいで。もうすぐ雨が降るみたいだし」

「このあと、ちょっとだけ時間あるかな。相談したいことがあって」

彼は右手を蛇口にあてたまま顔を上げ、宙を見つめて何かを考えていた。そして、察したような表情で言った。

「わかりました。学校じゃないほうがいいですよね？」

「うんと——じゃあ、清水駅前のマックでもいい？」

「はい。着替えたら行きます」

彼はTシャツの袖で額の汗を拭いながら去っていった。

部室まで走って戻り、急いで荷物をまとめた。ブンイチが不思議そうな顔でこちらを見ている。

「あ、ブンイチごめん。片付け、また今度来るから」

「どうしたの？」

「ちょっと急用ができちゃって。ごめんね」

ドアを開けようとすると、ブンイチが「佐々倉」とわたしを呼んだ。振り向くと、彼は立ち上がって真剣な眼差しでこちらを見つめていた。

「もう一度聞くけど、なんかあった？」

「——ううん。もし弁護士沙汰になりそうなことがあったら、そのときは相談するね」

動揺を隠すための冗談を言って、わたしは部室のドアを開けた。

校舎を出ると、蟬のけたたましい声が耳に届いてきた。校門を出て、巴川《ともえがわ》沿いの道を歩いていく。

空気が水分を含んで重たくなっていた。西の空には、灰色をした不穏な雲がすでに浮かんでいる。傘を部室に置いてきてしまったことに気づいた。でも、駅までの十分はなんとか持ちそうだ。あとから来る彼が雨に降られませんようにと願った。

駅前のマクドナルドに入ると、心地よい冷気に包まれた。Sサイズのオレンジジュースを買い、二階のイートインスペースに行く。お昼前で、ほとんどのテーブルがまだ空席だった。窓際の席に座り、一度もストローに口をつけることなく彼を待つ。

窓越しに、空を覗き込んだ。雨はまだ降っていない。そういえば、明日から始まる夏期講習の予習をまだやっていなかった。初日は英語だ。こんな気持ちのまま、受験対策用の問題集に取り掛かれるだろうか——そんなことを考えていたとき、さっきとは違うTシャツを着た直生くんがドリンクのカップを持って階段を上ってきた。

わたしたちは向き合って座ったまま、たまにストローを口にしては、お互いの様子をしばらく見合っていた。

しびれを切らしたように、直生くんが言う。

「兄と別れたいってことで、合ってます？」

慌てて頷くと、直生くんは顔を曇らせた。

「一筋縄《ひとすじなわ》ではいかない相手だと思いますけど」

「——そうだよね。わかってる」

わたしはオレンジジュースが入ったカップを弄《もてあそ》んだ。氷の音で、沈黙を誤魔化す。浅くなっていく呼吸に急《せ》かされて、ようやく意を決した。

「あの、一つ聞きたいんだけど、いいかな」

「はい」

「どうして莉生くんは高校に入ってから、あんなふうになっちゃったのかな。前はもっと優しかったんだけど」

コーラが入っているのか、黒く透けて見えるカップを手にして、直生くんはストローを啜《すす》った。

「多分ですけど。サッカー、うまくいってないみたいで」

「部活のこと？」

「はい。やっぱり強豪校だから、すごい人がいっぱい来てるみたいなんです。それで中学のときみたいに楽しめなくなってて、ストレスもすごくて。でも、だからって先輩にあんな態度をとっていいことにはならないんですけど」

「そんなの、全然知らなかった」

初めて会話をした日の、インタビューに生き生きと答えてくれた莉生くんの顔を思い出した。あの笑顔が消えてしまった背景にそんな理由があったなんて――そう思ったら、今まで感じたことのなかった胸の疼《うず》きを覚えた。

「兄はそういうのあんまり人に見せないから。特に先輩には、いいとこしか見せたくないだろうし」

「ほんとうなら、わたしが支えてあげないといけないんだよね。そういうときって」

「そうかもしれないけど。でも、これはあくまで兄の問題で、兄が自分で解決しないといけないことだから」

「でも——」

「先輩は何も悪くないです。悪いところ、一個もないと思います」

わたしはテーブルの下で、ぐっと拳《こぶし》を握る。

「やっぱり別れたいですか？　兄と」

そう聞かれて、自分自身に改めて問いかけてみる。でも、なかなか言葉が浮かんでこなくて、誰でもいいから代わりに答えを出してほしいと無責任なことを思った。

「別れたいんだったら自分で言うしかないですよ。僕がどうこうしたら、兄は余計荒れそうだし。それに、これは先輩の問題だから、先輩が解決しないと」

「うん、そうなんだけど——」

「行きたい高校とか大学があるんですよね。だったら自分でなんとかするしかないです」

叱るように、諭すように、直生くんは言った。わたしは途方に暮れて何も言えずにいる。

小さな雨粒が一つ、窓に打ちつけられた。それが、二つ、三つと粒を大きくしながら増えていく。傘を忘れたから、そろそろ店を出ないと帰れなくなってしまう。

直生くんも窓の雫《しずく》に気づいた。そして外の遠くのほうを見つめながら、小さな声で言った。

「しっかりしてください」

「え？」

「凜とした人っていうイメージだったから、先輩は。そうであってほしいんです」

黙ったまま、首を横に振った。そんなイメージを勝手に持たないでほしい。それに応えられるような人間じゃない。わたしだってほんとうはそうありたいけれど、今の自分はそれとはほど遠い。

「本降りにならないうちに、帰ったほうがいいですね」

直生くんはそう言ってカップを持ち、席を立った。わたしも彼に続いて立ち上がった。

背中を追いかけるように階段を下り、一緒に店を出る。すると、前を歩いていた直生くんが急に足を止めた。どうしたのかと思って前方を見ると、ジャージ姿の莉生くんがガードレールに腰かけてこちらを睨んでいた。彼のそばには制服のスカートを短く穿いた女子高生が二人立っていて、気だるそうな顔で喋っている。

莉生くんはポケットに手を突っ込み、小雨をかき分けるように強い足取りでこちらに向かって歩いてきた。

「美琴。お前、最近全然電話してこないと思ったら、こいつに乗り換えたのかよ」

莉生くんが顎で直生くんを指しながら、わたしを睨む。直生くんが莉生くんの前に立ち、「そうじゃないって」と反論する。

すると、莉生くんは直生くんの胸倉をぐいと摑んだ。

「お前、また殴られたいのかよ。兄貴の女に手ぇ出しやがって、この野郎」

直生くんは何も言わず、莉生くんを鋭い眼差しでまっすぐ見つめていた。莉生くんは物でも捨てるように直生くんを突き放した。

「いいよ、もう。中学生同士で勝手にやってろよ」

そう言い捨てて、女子高生たちのもとに歩いていった。

女子高生たちは携帯電話についたストラップをぐるぐる回しながら、「雨降ってきたしカラオケでも行こうよ」などと言って莉生くんの腕に絡みついた。そして、振り向いてわたしたちを見下すように一瞥して去っていった。

直生くんは襟元を正してこちらを見た。その頬に、ぱらぱらと雨粒がかかっていた。

「雨、ひどくなりそう。早く帰りましょう」

努めて明るく、彼はわたしに言った。


莉生くんから電話がかかってきたのは、八月最初の日曜日の朝だった。

話がしたいから、これから家に来ないかと言う。今日は莉生くんの両親も直生くんも出かけていて、家でならゆっくり話ができるらしい。

あれからずっと、莉生くんと話がしたいと思っていた。もし部活のことでストレスを抱えているのなら、せめて話を聞くことくらいはしてあげたかった。わたしは莉生くんに、お昼ご飯を食べたら行くと伝えて電話を切った。

莉生くんの家には、付き合って三か月くらいしたころに一度だけ行ったことがある。そのときは両親もいて夕食をご馳走になった。直生くんは塾に行っていて、その日はいなかった。莉生くんのお父さんは、莉生くんがサッカーを頑張っていることを誇らしげに語っていた。高校はサッカー推薦で強豪校に行けそうだと嬉しそうだった。

照れ臭そうに笑っていた莉生くんの顔を思い出す。あのときの莉生くんを、できることならもう一度取り戻したい。

白いワンピースを初めて着てみた。いつか莉生くんに見せたいと思って、春先に買っておいたのだ。ワンピースを際立たせるため、背中の真ん中くらいまで伸びた髪は後ろで一つに束ねた。

小雨が降ってきたので、傘を持って家の玄関を出た。消え入りそうな蟬の鳴き声が、遠くから風に乗って聞こえてくる。

父がよく行く居酒屋の前を通り過ぎ、巴川沿いの道に出ると、ぱっと空が開けて見晴らしがよくなった。川の向こうには、古いアパートの隣に新しい高層マンションが建設されている。最近、このあたりには大きな建物がどんどん増えているように思う。

川沿いの道は意外と狭くて、すれすれのところを車が走っていく。前にこの道を莉生くんと歩いたとき、彼はわたしに内側を歩かせてくれた。わたしの肩に触れた彼の手が、とても心強かった。

五分もしないうちに、白い二階建ての家が見えてきた。駐車場には車がなかったので、莉生くんが言った通り彼の両親は出かけているのだろう。駐車場の奥に、以前はなかったマウンテンバイクが一台置いてあった。莉生くんのものだろうか。

門の前で立ち止まった。ちゃんと話そうと決心して来たはずなのに、急に足が重たくなる。

思い切って顔を上げてみた。ベランダの柵に取りつけられた衛星放送のアンテナを、意味もなくじっと見つめる。

強張った人差し指でインターホンを押した。しばらくすると「入って」と返事があった。門を開け、中に入っていく。

「こんにちは、お邪魔します」

玄関を開けて声をかけると、莉生くんが二階から降りてきた。

「俺の部屋でいい？」

うん、と頷いて、わたしは傘をドアの脇に立て、靴を脱いだ。

莉生くんが、スリッパを綺麗に揃えて出してくれた。なんだか昔の莉生くんみたいに優しい。もう一度向き合おうとしてくれているのなら、わたしも彼の葛藤《かっとう》を受け止めたい。でも、部活のことに口を出したら、機嫌が悪くなってしまうかもしれない。それとも、またわたしに心を開いてくれるきっかけになるだろうか。

階段を上ると、ドアが半分ほど開いた部屋に莉生くんが入っていった。部屋の前で立ち止まり、そっと中を覗き込む。「入ってきなよ」と莉生くんが言った。

緊張しながら、部屋の中に足を踏み入れる。少しの静寂《せいじゃく》のあと、いきなり大きな音がして肩がすくんだ。莉生くんがドアを閉めたのだ。どうしたらいいのかわからずにいると、後ろから莉生くんの腕がわたしの体に絡みついてきた。その腕に愛情が込められていないと、すぐに悟った。押さえ込むようで、乱暴で、痛かった。

「お前は俺の女なんだからな。わかってんのか」

莉生くんが不気味な低い声で囁く。

全身が硬直して、声が出せなくなった。

莉生くんはそのままわたしをベッドの上に押し倒し、わたしの両手首を押さえつけた。

ずっと前、頭を優しく包み込んでくれた大きい手。トーテムポールの前で、愛情たっぷりに抱き寄せてくれた手。あんなに温かかったあの手が、今はわたしの手首を非情に押さえつけている。

「やめてよ——」

絞り出したわたしの声を無視して、莉生くんはワンピースのボタンを外していく。

足をじたばたと動かしたけれど、莉生くんの足がそれをも押さえつけた。

「なに抵抗してんだよ。お前、俺の彼女だろ」

「わたしはまだ——」

「お前わかってんのか、俺もう高一だぞ。高校生だったら普通こういうことするだろ！」

怒鳴りながら、彼はわたしに体重をかけてきた。

苦しくて、息ができない。

莉生くんはワンピースの裾を捲《まく》し上げ、わたしの腿を弄《まさぐ》った。

「やめてよ！」

息を吐くのに合わせてそう叫んだら、思ったよりも大きな声が出た。

すると、部屋のドアが開く音がして、わたしに覆いかぶさっていた莉生くんの体がふわりと宙に浮いたように見えた。後ろから誰かに引っ張られたようだ。

気がつくと、直生くんが莉生くんの腕を摑んでいた。

「何してんだよ！」

直生くんが怒鳴って、莉生くんを思い切り突き飛ばした。莉生くんが倒れた拍子に、ゴツンと鈍い音がした。床に置いてあったダンベルに額をぶつけたようだ。苦しそうに頭を抱え、呻き声を上げている。

莉生くんの指の隙間から血の線が流れていた。死んでしまうのではないかと思った。

「救急車、呼ばなくちゃ――」

しかし、直生くんはわたしの手を摑み、部屋からわたしを引っ張り出した。

階段を下り、家を出る。小雨が降っているけれど、傘は玄関に置いたままだ。

手を引かれ、巴川沿いの道を海のほうへと向かっていく。足早に歩いていく直生くんのペースに、なんとか頑張ってついていく。

橋の袂《たもと》で、自転車に乗った高校生とぶつかりそうになった。舌打ちした高校生を直生くんが睨みつけた。彼らしくないな、と思った。

「大丈夫でしたか」

「うん、平気だよ」

直生くんは手にぐっと力を込めて、再びわたしを引っ張っていく。巴川沿いの道から左折して、商店街のほうへと入った。日曜日で多くの店がシャッターを閉めていたけれど、文房具屋さんとおでん屋さんだけは開いていた。

急いで歩いてきたからか、商店街を通り抜けたところで少し息が上がった。東海道線の踏切にぶつかり、そこで直生くんは立ち止まった。何かを考えている様子で、踏切のランプをじっと見つめている。やがて、彼はわたしの手を引いたまま左に曲がった。そこから少し歩くと、ビジネスホテルの向こうに清水駅の駅舎が見えてきた。

改札の前に着くと、直生くんはポケットから財布を取り出した。胸を大きく上下させながら、券売機に硬貨を入れていく。

「ねぇ、どこに行くの?」

答えることなく、直生くんは券売機のボタンを押した。切符の一枚をわたしに差し出す。二百円区間の切符だった。

階段を下りて、ホームで電車を待つ。最初にやってきたのは沼津行きの電車だった。直生くんが躊躇なく乗ろうとする。いったいどこに行くのだろうと思いつつ、何も聞かずあとに続いた。

わたしたちはシートに並んで座った。扉が閉まって気持ちが少し落ち着いてくると、莉生くんにされたことが急に思い出された。押さえつけられた感覚が、手首や足に残っている。ワンピースのボタンが外れたままだったことに気づき、慌てて留めた。指先が震えているのを直生くんに知られたくなくて、ぎゅっと両手の拳を握った。

瞬《まばた》きをしたとき、下まつげが濡れるのを感じた。わたしは右手の拳を口に押し当て、必死に涙を堪える。いつも泣いている人だと思われたくなかった。直生くんは、わたしの左手の拳を包むように握り締めた。少しだけ痛かったけれど、それがかえって心強かった。

まるで二人の味方をしてくれているみたいに、東海道線はものすごいスピードで東へと向かっていく。左肩がぴったりと直生くんの右肩にくっついて、それがわたしの心を少しずつ穏やかなほうへと導いていく。

やがて電車は富士駅に到着した。多くの乗客が席を立つ。

「今日、富士山見えないかなぁ……」

わたしはぽつりと呟いた。この天気では無理だとわかっている。

「試しに行ってみますか」

しかし直生くんは、明るくそう言って立ち上がった。わたしの手から、彼の手がするりと解《ほど》けた。

ホームに降り立ち、階段を上って一番ホームへと歩いていく。山梨方面行きの身延《みのぶ》線の電車はすでに停車していて、ドアを開けて客が乗ってくるのを待っていた。わたしたちはいちばん前の車両に乗り込み、ボックスシートに向かい合って座った。

「二つ目の竪堀《たてぼり》駅に行ってみましょう」

「竪堀駅？」

「はい。ホームから富士山が見えるって聞いたことがあるんで」

窓の外を見て、建物と電車の隙間から空を覗き込んだ。直生くんと会うときは、いつもこうやって空の表情を窺っているような気がする。でも、傘を持っていなくても、彼と一緒ならなぜか大丈夫だと思えた。

電車がゆっくりと動き出し、車窓から建物が少しずつ離れていく。まだ見たことのない、知らない土地の景色が始まっていく。

向かい合って座っているのが急に照れ臭く思えてきて、窓の外をひたすら見続けた。しばらくすると、遠くに四本の煙突が見えた。大きな一本と、小さな三本。親子のように立ち並ぶそれらは、息を揃えたように同じ角度に向かって白い煙を吐き出している。

どこからともなくお煎餅の香りが漂ってきた。誰かが車内で食べているのだろう。そんなふうに遠足気分でこの電車に直生くんと乗れていたなら、きっとわたしたちは二人とも笑顔だったのに――彼の思いつめたような顔を見て、そんなことを思った。

電車が竪堀駅に到着した。ドアが開いた途端に湿気を帯びた風が吹いてきて、ワンピースの裾がふわりと揺れた。乗ってきた電車が去り、二人で空を見上げる。雲がさらに広がっていて、裾野《すその》のほうを見ても富士山は見えなかった。

「やっぱり、見えなかったね」

「そうですね」

二人でホームの端に立ち、その姿を思い浮かべながら富士山のほうを見つめた。

「せっかくここまで来たし、ちょっとだけ散歩していきましょうか」

「うん、そうだね」

直生くんが二人分の電車賃を精算してくれて、わたしたちは改札を出た。

急に雨が本降りになってきて、小さな駅舎の屋根の下で途方に暮れながら、また二人で空を見上げた。すると、駅員さんが「忘れ物だから持っていっていいよ」とビニール傘を二本持ってきてくれた。わたしたちはお礼を言って、それぞれ傘をさして歩き始めた。

駅のすぐ前には住宅街が広がっていて、コンビニも商店もなかった。高架《こうか》をくぐり、小さな川に沿って目的もなく歩く。あたりは古い民家ばかりで、人の気配もまったくない。雨が傘を叩く音だけが耳に響いてくる。

ようやく車通りのある道に出て、「竪堀橋」と書かれた小さな橋を渡った。ふと顔を上げると、電車の中から見た親子のような煙突たちが遠くに見えた。先ほどとは違う角度に、仲良く煙を吐き出している。

また手を引っ張ってくれないかな、と思った。でも、そんなことを言う勇気はないし、自分から彼の手を摑む勇気はもっとない。大きめのビニール傘が、二人の距離をますます広げてしまう。これでは、手の甲が自然と触れ合うことも叶わない。

遠くまで逃げてきたからか、莉生くんにされたことの恐怖からは少しだけ解放されていた。でも、血を流していた莉生くんは大丈夫だったのかと、別の不安が急に湧いてきた。あのまま彼が気絶でもして目を覚まさなかったら、わたしたちはどうなるのだろう。

「このまま、まっすぐ行きますか？　それとも、ここを曲がって駅に戻ります？」

T字路で立ち止まり、直生くんが尋ねた。わたしも立ち止まり、まっすぐ続く道と、左に曲がる道を交互に見つめる。

「まだ帰りたくない」

わたしがそう言うと、直生くんは悲しそうな顔をした。わたしのこんな姿に、がっかりしているかのように。

「――ダメかな？」

傘を打ちつける雨の音が、ひときわ大きくなる。

「どうしたらいいんだろう、わたし」

途方に暮れて、投げやりになってしまった。すると、直生くんはこちらを見ずに呟いた。

「やっぱり、ちゃんと解決しないと」

その口調は、毅然としていた。

「わかってる。でも――」

「このままじゃ、先輩も受験勉強に集中できないでしょ？」

なぜこの人はわたしに、こんなにも強くいろと言うのだろう。わたしは彼が思うような人間じゃない。そんなに強い人間じゃないのに――そう思いながら直生くんのほうを見ると、わたしから正しい答えが出てくるのをじっと待つかのように、静かにこちらを見つめていた。

車道を走る路線バスが、巨大な水たまりを轢《ひ》いていく。泥水を擦《こす》るタイヤの音が荒々しく一帯に響く。

自分から、「帰る」と言わなければいけない。

わたしは、ふうっと強く息を吐いた。

「――わかった。そうだね。もう帰ろう」

駅へと続く、左に曲がる道のほうを向いた。怖かったけれど、一歩前へ、もう一歩前へと足を踏み出す。

しばらくすると、直生くんがついてくる足音が後ろから聞こえた。


その夜、暗くなってから家のインターホンが鳴った。母が玄関を開けるのを後ろから見ていると、そこには莉生くんの両親と莉生くんが立っていた。

莉生くんの頭には、包帯が巻かれていた。

「夜分すみません。このたびはうちの息子が大変申し訳ございませんでした」

事情を知らない母は、莉生くんのお父さんの言葉に目を丸くしてわたしを見る。

「謝罪させていただこうと思いまして。これ、つまらないものですが――」

今度は莉生くんのお母さんが菓子折りらしき包みを母に渡した。そして、莉生くんの家の玄関に立てかけておいたわたしの傘と、彼の部屋に置いてきた鞄も。

「どうした？」

父がリビングから顔を出し、只事ではない雰囲気に顔を顰《しか》める。

「うちの愚息《ぐそく》が、お嬢さんを傷つけるようなことをしてしまいまして」

莉生くんのお父さんが、深く頭を下げた。

「買い物から帰ったら、こいつが頭から血を流していて。急いで病院に連れていって手当てをしてもらったんですが、どうやら下の子と揉めたようで」

莉生くんの両親は、直生くんが帰宅したあと、なぜこんなことが起きたのか問いただしたという。そして、直生くんから事情をすべて聞き、急いで謝罪に来たということだった。その話を聞いていた父と母は、呆然とその場に立ち尽くした。

母がもう一度振り返って、わたしに尋ねる。

「美琴ちゃん、あなた大丈夫だったの?」

母の向こうに、申し訳なさそうな顔をした莉生くんのお父さんが見えた。去年夕食をともにしたとき、莉生くんのことを誇らしげに語っていたのとは別人のような表情だった。あれだけ強気だった莉生くんも、何も言わない。俯いたまま、わたしと目を合わせようともしない。

莉生くんの両親が申し訳ないと言っているのは、きっと本心だ。でも、事が大きくなるとサッカー推薦で進学した莉生くんが退学になってしまう可能性があるから、穏便に済ませたいという本音もおそらくあるのだろう。だから莉生くんもこんなに弱気になっているのだ。

「大丈夫だよ」

わたしは母に言った。そして玄関先に立ち、肩を落としている三人と対峙《たいじ》した。

「もう莉生くんとはお別れします」

力強く宣言した。初めて顔を上げた莉生くんは、悔しそうにわたしを睨んだ。

でも、怯《ひる》まなかった。かっこよくいてほしい――そう言われたことを思い出し、強い眼差しで莉生くんを睨み返した。

「二人がしっかり別れるというなら、この件はもう終わりにしましょう」

父はわたしが毅然とした態度をとっているのを見て、莉生くんの両親に言った。

「本当に申し訳ございませんでした」

莉生くんの両親は何度も腰を屈め、促された莉生くんも「すみませんでした」と頭を下げた。

莉生くんのお父さんが背中を丸めたまま、玄関の扉を静かに閉めた。

「心配かけてごめん。これからはちゃんと受験勉強に集中するから」

わたしは父と母にそう伝えて、二階に上がった。


夏休みは、すでに終盤に差し掛かっていた。

ずっと後回しにしていた部室の片付けをするため、久しぶりに学校へ行く。その日は真っ青な空に入道雲が貼りついていて、あちこちで蟬がけたたましく合唱していた。

部室に行くと、ブンイチが問題集を片手に涼しい顔でノートに何かを書いていた。彼も三室先生の学習塾に通っているので、彼が塾の問題集を解いているのだとすぐにわかった。

「あー、わたしも早く宿題やらなきゃ」

「ちゃんと終わらせておかないと、三室先生またヒートアップするよ」

「今日帰ったらすぐやる！」

鞄を机の上に置き、片付けを始める。わたしが使っていた引き出しを開けると、過去の原稿と一緒にデジタルカメラが出てきた。

「ねぇ、これって買い取ったらいくらする？」

「うーん、そうだなぁ。たしか三万円くらいで買ったと思うけど、中古だから半額くらいでいいんじゃない？」

「一万五千円かぁ。お年玉次第かな」

「なんで買い取りたいの？」

「思い出として手元に置いておきたいなって思って」

「なんの思い出？」

「新聞部の思い出に決まってるじゃん」

そう誤魔化しつつも、その日はなんとなくブンイチにすべて話してみたくなった。いろんなことがありすぎて、誰かに聞いてもらわないと気持ちが落ち着かない。夏期講習と家庭教師の両立で忙しい彩子とは、電話で話す時間が最近はほとんどなかった。

わたしは莉生くんや直生くんとのあいだに起きたことを、すべてブンイチに打ち明けた。

「おおむね、そんなことじゃないかと思ってたよ」

ブンイチは大きく足を組んで、まるでどこかの偉い社長さんのように、貫禄《かんろく》たっぷりに背もたれに体を預けた。

「月ヶ瀬先輩がやったことは強姦《ごうかん》未遂罪にあたる。この罪は重いよ。もう十六歳だから刑務所にブチ込むことだって不可能じゃない。まぁでも、実際は少年院止まりかな。弟のほうもよくないね。佐々倉を守るための正当防衛だけど、怪我をさせているから過剰防衛で傷害罪になる可能性がある。まぁ、佐々倉は被害者だから無罪だけどね」

そうやって本物の弁護士みたいな口調でことの顚末《てんまつ》を解説し出した。

「いつか弁護士が必要になったら、ブンイチにお願いするね」

わたしは笑いながら言った。

窓を大きく開き、グラウンドに目を遣る。テニスコートでは、直生くんが懸命にラケットを振っていた。彼が中体連の試合で入江中のライバルに敗退したことは、取材した二年生の部員から聞いていた。負けたのがよほど悔しかったのだろう。もしかしたら、わたしと莉生くんのことがあって大会に集中できなかったのかもしれない。いや、わたしのことがそこまで直生くんに影響するなんてことが、はたしてあるのだろうか——。

デジタルカメラを手に取り、テニスコートに立つ直生くんを撮影してみた。やはり望遠機能が乏しくて、彼の姿が小さくなってしまう。保存された画像を表示し、朝焼けに照らされた富士山を見つめる。次は撮影を嫌がる直生くんの顔。ただ見ているだけで、不思議と自分の未来まで明るくなっていくような気がした。

片付けを終え、部室を出た。足が自然と水飲み場のほうへと向かっていく。

平静を装ってその場をうろうろしていると、練習を終えた直生くんがやってきた。莉生くんとちゃんと別れられたことを彼がまだ知らないのなら、伝えておきたいと思った。一言お礼を言いたかった。

直生くんはわたしを見て、いつものように「どうも」と言った。豪快に水を飲んで、蛇口をきゅっと閉める。

「あのさ」

なんとか第一声を絞り出したけれど、彼がこちらを見た瞬間、次の言葉が出てこなくなった。あのとき直生くんがいてくれなかったら、一生抱える傷を心や体に負っていたかもしれない。だから、あの日はありがとうと言いたかった。

彼はわたしをじっと見つめている。言葉が発せられるのを待っているように見える。

できればまた二人で会えないかな、とも言いたかった。いつか二人でまた電車に乗って、富士山を見に行きたかった。でも、彼はいつもわたしに、かっこよくいてほしいと言っていた。また会いたいって言うなんて、あんまりかっこいいことじゃないのかもしれないと、なんだか急にそんなふうに思えてきた。

彼のほうから言ってくれないかな、と思った。莉生くんから救ってくれたときのあの勢いで、もう一度わたしのことを引っ張っていってくれないだろうか。でも、お兄ちゃんの元恋人なんて、おさがりみたいでやっぱり嫌だろうか。

そんなことを考えていたら、余計に何も言い出せなくなった。彼はただ、わたしが口を開くのを待っている。けたたましい蝉の鳴き声だけが、耳の中でどんどん大きくなっていく。

そこに、彼のクラスの嶺井くんがやってきた。

「おーい、直生。マック行かない？」

嶺井くんはわたしの姿を見つけ、小さく「あっ」と言った。

「悪い、ちょっと待ってて」

直生くんがそう言うと、嶺井くんはにやにやしながら直生くんとわたしの顔を交互に見て、後ずさりながら去っていった。

「すみません。で、なんでしたっけ」

不意にそう聞かれて、頭がどんどん真っ白になる。

「ううん、なんでもない」

咄嗟《とっさ》に出た言葉だった。彼ががっかりしたような表情をしたのは、気のせいだろうか。

「ごめん。いいよ、嶺井くんのところに行って」

「わかりました。じゃあ――」

そう言って、彼は踵を返した。そして、駆け足で嶺井くんを追いかけていく。

――待って。

蝉の声が、一段と大きくなったような気がした。その声にかき消されるかのように、彼の後ろ姿はどんどん小さくなっていった。

その晩、机の棚のファイルからルーズリーフを一枚取り出した。いちばん上に「ミリオンラバーズ　ともこさんへ」と書く。

小さくなっていく直生くんの背中を思い出した。振り返って、もう一度わたしのところに戻ってきてほしかった。でも、彼はそのまま行ってしまった。だから彼に伝えられなかった気持ちを綴ることにした。

父と母がまわりにいないのを確認し、番組が始まる前にファクスを送る。

もちろん、彼がこのラジオを聴いているなんて保証はない。ミリオンラバーズの話なんてしたことはなかったから、おそらく番組のことも知らないだろう。

でも、たとえ本人に伝わらなかったとしても、ほかの誰でもいいから聞いてほしかった。自分の中にあるふつふつとした思いを、自分で消化できるほどまだ器用じゃない。だから、どんな形でもいいから外に出したかった。

番組が始まり、ラジオの前に正座してメッセージが読まれるのを待つ。ともこさんのことだから、わたしの渾身《こんしん》のメッセージをきっと読んでくれるはずだ。でも、一曲目が終わっても、二曲目が終わってもファクスは読まれなかった。

そして番組終盤、とうとう「ラジオネーム　ツキヨミさん」と呼びかけられた。

背筋が自然に、ぴんと伸びる。

しかし、ともこさんはこう言うのだった。

「いつもファクス、ありがとう。今日はメッセージを紹介できなかったけど、誰かに伝えたいことがあるなら、ちゃんと目を見て伝えないとダメだよ。大事なことは特に、ね。ラジオも万能じゃないから」

わたしはただ正座しながら、ぼんやりと宙を見つめていた。

直生くんに気持ちを伝えられないまま、中学を卒業した。あのとき水飲み場の前で会話にもならない会話をしたのが最後になった。

受験にも失敗し、御門台高校に行くことはできなかった。

結局わたしは直生くんが言っていたようなかっこいい人にも、凜とした人にもなれず、ただもやもやとした思いを抱えるだけの中学生活を送ってしまった。

滑り止めで受けた私立高校に進学することになったけれど、その高校は御門台高校よりも少しだけ偏差値が低く、目標としていた明美大学に行くには死力を尽くして勉強しなくてはならなかった。わたしは直生くんへの想いを封印して、高校では部活にも入らず、ただ勉強に没頭した。そして、なんとか明美大学のジャーナリズム学科に合格することができた。

何かあるたびに、かっこよくいてほしい、凜としていてほしいという直生くんの言葉を思い出した。これから先の人生で、いつ彼に会っても恥じない自分でいられるように——そう考えるようになってから、わたしの人生はようやく動き出した。

＊　＊　＊

大学二年になった年のゴールデンウイークのある日、東京で暮らしていた私の携帯電話に知らない番号から着信があった。電話に出ると、それは直生くんからだった。彼にとってテニス部の先輩にあたる私の同級生から番号を聞いたらしい。

「久しぶりだね。元気にしてる？」

「お久しぶりです。はい、元気でやってます」

直生くんと電話で話すのはそれが初めてだったので、こんな声をしていたんだ、と思った。彼も都内の大学に進学しているとわかり、スケジュールを合わせて会うことになった。中学のとき以来だから、四、五年ぶりだ。私たちは四谷にあるチェーンのコーヒーショップで午後二時に待ち合わせをした。

彼は薄いグレーのポロシャツに黒いジーンズを穿いていて、まだ五月だというのに肌はほんのりと日焼けしていた。今も何かスポーツをやっているのだろうか。店に入って私を見つけると、彼は中学時代と変わらない、綺麗に並んだ白い歯を見せた。

「テニスはやめたんです。高校二年のときに肘を怪我しちゃって」

アイスコーヒーを一口だけ飲むと、彼はそう言って肘のあたりをさすった。

私は大学一年のときから学生記者として活動していたので、そんな近況を簡単に話した。

「言ってましたもんね、ジャーナリストになりたいって。夢に向かってまっしぐらですね」

「まだわからないよ。新聞社は狭き門だから」

「でも、明美大のジャーナリズム学科ならたくさんチャンスはありそうですけど」

「まぁ、頑張るけどね。直生くんはもう将来のこと決めた？」

「大学受験終わったばかりだし、今は遊ぶことしか考えてないです」

「たしかにそうだよね」

「でも、この前初めて大学野球を観に行って――」

「神宮に？」

「はい。父親からは起業家になることを期待されてますけど、僕やっぱりスポーツが好きだから、スポーツに関わる仕事ができたらいいなって思って」

自分は兄のように競技で注目されることはなかったけれど、支える側ならできるだろうし、むしろそのほうが向いているかもしれないと直生くんは言った。

そのとき少しだけ莉生くんのことに触れたけれど、彼のことがそれ以上話題に出てくることはなかった。お互い意図的に避けていたのかもしれない。それに、久しぶりの再会で莉生くんのことを話すのは時間がもったいないような気もした。

私はバッグの中に手を入れて、中学のときに部活で使い、そのあと買い取ったデジタルカメラを取り出した。

「これ、覚えてる？」

「新聞部で使ってたやつですよね」

「あげるよ、ちょっと古いけど。私、新しいのがあるから使って」

「え、どうしてですか？」

「記者の仕事面白いよ。スポーツの記者とか、どう？」

「ああ……」

直生くんはデジタルカメラを受け取って、じっと眺めていた。

「でも、もらうなんて悪いですよ」

「じゃあ貸すだけ。いろいろ撮ってみてよ。今度会ったとき返してくれればいいから」

古いデジタルカメラなんて、スポーツの撮影には何の役にも立たないとわかっていた。現にこれで中学時代の直生くんがテニスをする姿を部室から撮影してみたけれど、彼の姿は豆粒ほどの大きさだった。

でも、私は彼との繋がりがほしかった。また会う口実を作りたかった。

「わかりました」

彼は約束してくれた。これで、また会えるかもしれない。

自分の鞄にカメラを仕舞うと、直生くんはアイスコーヒーをまた少しだけ飲んで、ちょっと躊躇しながら切り出した。

「あの、ずっと聞きたかったんですけど——」

「ん、何？」

「昔、『ミリオンラバーズ』ってラジオ番組あったじゃないですか」

「ああ、あったね」

「佐々倉先輩って、もしかしてツキヨミさん？」

まさかの質問に、はっとして直生くんを見た。

「あ、違います？」

「――バレてたんだ」

思わず白状すると、直生くんは「やっぱり」と笑った。

「当時の状況を知っていた僕にとっては、どれも実況中継みたいなメッセージだったから」

私は苦笑いしながら、氷が解けきったオレンジジュースを飲んだ。

「あの番組、聴いてたんだね」

「はい、ほぼ毎晩。よく読まれてましたよね。ツキヨミさんは常連さんみたいでした」

「でもね、最後に送ったファクスは読んでもらえなかったの」

「どんなこと書いたんですか？」

直生くんが、切れ長の目を見開いて尋ねる。

「かっこ悪くて、どうしても言えなかったこと」

照れ笑いしながら、私は答えた。

第二章

カーテンの向こうが白んできて、月ヶ瀬栞はうっすらと目を開けた。

意識が少しずつ働き始める。そして、毎朝そうしているように、隣で寝ている次女の奏に目を遣る。

この世界で起きていることなど何一つ知らないような無垢《むく》な顔で、奏は時折まつげを小さく震わせながら眠っていた。

その白い頬に触れようとして、ふと指を止める。

奏が目を覚ました瞬間、彼女は現実を取り戻す。すると、この穏やかな寝顔からはとても想像できないようなけたたましさが彼女を襲う。こうして静かに眠っているあいだ、彼女は魔法にかかっているのだ。その魔法をまだ解きたくないと、つい思ってしまう。

愛くるしい寝息に後ろ髪を引かれながら、ゆっくりと体を起こした。音を立てないように部屋を出て、長女の詩を起こそうと向かいのドアを小さく二回ノックする。

詩はすでに起きていて、ちょうどパジャマを脱ごうとしているところだった。

「おはよう、詩」

「おはよう」

「服の準備はしてある？」

「うん、大丈夫」

いつからか、詩は着ていく服を前の晩に自分で用意するようになった。ドアを閉めてから、一言「偉いね」と褒めてあげればよかったと思った。

洗面所に向かい、さっと顔を洗って歯を磨いて、キッチンへと急ぐ。

朝食を作っていると、夫の直生が眠そうな顔でやってきた。

「あれ？　おはよう」

「おはよ」

「早いね。昨日ナイターでしょ？　もうちょっと寝てればいいのに」

「今日は球場に行く前に会社に寄るから」

直生は欠伸《あくび》をしながらリビングのソファに座り、テレビをつけて朝のスポーツニュースを見始めた。

着替えを終えた詩がキッチンにやってきて、自分のぶんのハムエッグとサラダをテーブルに運んでいく。

「詩、昨日タイガースの試合観た？」

朝食を食べ始めた詩に、直生が尋ねる。

「観てない」

詩は直生のほうを見ることなく、ぶっきらぼうに言った。

「ほらぁ、詩が観ないからだよ。宮城が珍しく打たれちゃって、サヨナラ負けだ。あいつ、今日は機嫌悪いぞぉ」

「わたし関係ないもん。峻くんが悪いだけじゃん」

その会話を聞きながら、栞はふっと微笑む。直生がいつもより早く起きてきたのは、おそらく詩との時間を作るためでもあるのだ。

「そんなこと言わないの。たくさん遊んでもらったでしょ」

保温バッグに入れた弁当箱と、詩のために焼いたトーストをテーブルに置き、栞は諭すように言った。

「もう遊んでもらってない」

「でも、遊んでもらった思い出があるでしょ。忘れちゃったの？」

「忘れてないけどさ」

詩は下唇を突き出し、顔を歪めた。おととしのシーズンオフに宮城が結婚したこと、つまり、彼女が失恋したことを意味しているのだろう。そのまっすぐなしぐさに、栞はくすりと笑ってしまう。

しかし、詩は「あっ」と何かを思い出し、すぐに頼もしい姉の顔を取り戻した。

「奏、起こしてこよっか？」

「ううん、いいよ。ママが行くから。詩は早く食べて、支度して」

ふと、直生のほうに目を遣る。彼はスポーツニュースが終わったあともテレビ画面のほうを向いて、普段ほとんど興味を示さない芸能ニュースをぼんやりと眺めていた。

最近、直生の頬が少しふっくらしたように感じるのは気のせいだろうか。スポーツ記者という不規則で不摂生になりがちな仕事をしている夫を、できることならもう少し労《いたわ》ってあげたいし、食事のことだってほんとうはもっと気にかけてあげたい。でも、今の自分にはそんな余裕がないし、それを彼もわかってくれているはずだと言い聞かせている。

ダイニングを出て、奏の寝ている部屋の前に立った。ドアノブに乗せた手が、意図せず一瞬だけ止まる。

ゆっくりとドアを開け、足音を立てないように奏のほうへと歩いていく。細い腕が、マルちゃんを硬く抱きしめていた。その肌に触れ、小さく揺らしてみる。

「かなちゃん、おはよう。よく眠れた？」

春に最初の花が咲くように、奏の瞳がゆっくりと開いた。

その視線は宙を泳ぎ、しばらくして自分に語り掛ける声の主をとらえる。

しかし、反応はない。それでも気にしない。いつものことだ。目を覚まして機嫌が悪くなければそれでいい。

手を添えて、奏の体を起こした。背中がいつもより湿っている。肌に刺激を与えないよう気をつけながら、少しだけ急いでパジャマを脱がせた。

「暑くなかった？　大丈夫かな」

聞いても、答えてくれることはない。でも、これはけっして独り言ではない。奏はきっとわかってくれている。反応しないだけで、彼女なりの方法で自分の言葉をちゃんと受け取ってくれている、はずだ。

タオルで背中の汗を拭き、引き出しから洋服を取り出した。

「今日は新しいのだよ。後ろ、チクチクしないからね」

ようやく先日、ネットでタグのない服を買うことができた。タグがあると首の後ろを気にして、なかなか着ようとしてくれない。奏に合うサイズがずっと在庫切れで、入荷と同時に何着か一気に購入した。これで朝の着替えの時間を五分は短縮できる。

「じゃあ、マルちゃんをママにちょうだい」

栞が両方の掌を見せると、奏は素直にマルちゃんを乗せた。次に何をするのかわかっているのだ。

手を繋ぎ、一緒に洗面所まで歩いていく。歯ブラシを無理に持たせなくても、自分から手を伸ばして受け取るようになった。療育の先生のおかげで、最近は歯を磨くことが楽しいようだ。口の中に溜まった泡を誤って飲み込んでしまわないよう、あー、うー、と声を出しながら歯を磨く。栞が捻り出したアイデアだ。

歯を磨いているあいだ預かっていたマルちゃんを奏に返し、一緒にダイニングに行く。ちょうど直生が朝食を終えたところだった。

「奏、おはよう」

奏は当然のように何も反応しない。それはいつものことだと直生もわかっているはずなのに、彼はわざわざ眉をハの字にしてみせる。

「じゃあ俺、詩と一緒に出るわ」

「うん、わかった。行ってらっしゃい」

直生は眠そうな顔のまま、部屋を出ていった。

奏をテーブルにつかせ、棚から器を出してコーンフレークを入れた。冷蔵庫から牛乳を取り出し、器に注いでコーンフレークを浸す。しんなりと柔らかくなったら、それが奏にとっての食べごろだ。

奏は朝、コーンフレーク以外のものを受けつけない。ほんとうは果物や卵も食べさせたいけれど、どんな工夫をして出してもまったく食べる気配がない。

それでは栄養がじゅうぶん摂れないだろうと不安だった。でも、一時期あらゆる食べものを拒否していたことがあって、そのときに比べれば同じ食品でも食べてさえくれたらいいと考えるようになった。少なくともコーンフレークを食べているときの奏は気持ちが安定しているし、今のところ栄養失調などの症状もない。

今日は吐き出すこともなく、器の中のコーンフレークを全部食べてくれた。奏は自分の膝に座らせていたマルちゃんを連れてリビングのほうに行くと、すぐにお気に入りのパズルを始めた。

去年の五月に奏が自閉スペクトラム症と診断されたとき、琹が味わったのはストンと腑に落ちる感覚だった。二歳半くらいで言葉が遅いことに気づいたときから、おそらくそうなのだろうと心のどこかで思っていたのだ。むしろ、その答えを早くもらって、対応策を考えたほうがいいとさえ考えていた。

想像と違ったのは、診断を受けたあとのことだった。

パソコンを開き、「自閉スペクトラム症」「完治」とキーワードを打ち込んでみる。

しかし、栞が求めていたような答えはなかなか見つからなかった。

希望を捨ててはいけないと、関連ワードを「治療法」に変えてみる。次は「特性」。そして「進学」。自分を安心させてくれる情報を、毎晩遅くまで探した。でも、関連ワードを変えれば変えるほど、ぼんやりとしていたはずの絶望が残酷なほどに輪郭を際立たせていった。

赤ちゃんのころは、大人しくて手のかからない子だった。夜泣きもしないし、一人で寝かされても寂しがらない。「かなちゃんはいい子だね」と褒めていたすべての要素が、自閉スペクトラム症の特性そのものだとわかった。

自分の、何がいけなかったのだろう――そう思いながら、妊娠中のことを幾度となく思い返した。奏がお腹の中にいたころ口にした食材や、摂取したサプリメント。あれは、本当に正しかったのだろうか。生まれてくる日を楽しみにしながら行ったすべてのことを何度も振り返り、見つかるはずのない答えを探した。

最初に相談したのは、夫ではなく母だった。

「ほら、最近だとそういうのも受け入れてくれる社会じゃない。障害は個性だって言うでしょ。

自閉症もきっとそうよ」

母は、そうやって前向きに振る舞った。栞は、そうだ、その通りだと思った。しかし、最後に母はこう付け加えた。

「あなたが悪いわけじゃないのよ」

自分を責めていた栞にとっては、必要な言葉だったのかもしれない。でも、そう励まされると、たとえどんなに前向きになろうとも、自分が向き合うべき現実はやはり「悪」なのだという実感が湧いた。

児童相談所で療育手帳をもらうときのヒヤリングでは、奏が生活を送る上でどんなことができて、どんなことができないかを詳しく聞かれた。

「それは多分大丈夫です」

「それなら、できると思います」

奏の障害を、認めたくなかった。ほんとうにできると信じていたのか、自分に言い聞かせていただけなのかはわからない。でも、できるかぎり肯定的な答え方をしたいと思った。「できない」と言ってしまうことが、奏に申し訳ないような気がした。

通っていた幼稚園に行き続けながら、ひとまず様子を見ることにした。しかし、蟬の声が聞こえる季節になると、奏はさまざまな問題行動を起こすようになった。

奏は、特に暑さに弱かった。自閉スペクトラム症の子供は体温調節が苦手だと専門医の先生から聞いていたが、奏の場合は暑さを感知できていないようで、苦しさで気持ちが荒だってしまうのだ。同じ組の子に乱暴したり、泣きわめいたりすることが増えて、夏休みより少し前から園を休むことにした。

「自閉症の子の行動は、一般的な子供とは理由が違うこともあります。頭突きや唾吐きは単なる反応で、特別な意図がないことも多いんですよ」

専門医の先生は、そう言っていた。そんなつもりはなかったのだろうが、遠回しに「ちゃんと受け入れなさい」と叱られているような気がした。頭ではそれが必要だとわかっていても、予測不可能な癇癪や自傷行為も出てきて、栞はそのたびに動揺した。

そのころには、奏が抱えている障害が個性だとはとても言い切れなくなっていた。栞が信じているよりも、奏にはできないことがたくさんあった。個性なんて、そんな生易しいものではなかった。

診断から三か月後、栞は思い描いていた人生のプランを一旦忘れることにした。

ほんとうは奏が小学校に上がるタイミングで編集プロダクションに再就職できるよう、いろんな伝手《つて》を使って下調べしていた。いくつか温めている出版企画もあった。

でも、そもそも編集歴ほぼ一年、しかもアシスタントでしかなかった自分が復帰しても、やりたい仕事なんかできるわけがない――そう自分に言い聞かせることにした。たまに「その気になればできるよ」と言われることもあったけれど、そう言ってくる人たちに自分が抱えている現実の重さはわからない。キャリアのことは忘れようと決心してしまったほうが、気持ちがずっと楽だった。

それでも、まだ奏の障害を受け入れきれていなかったのか、秋が来ると再び奏を登園させてみることにした。担任の先生もできる限りのことはしてくれて、それにはとても感謝した。

しかし、三月の修了式の日の保護者会で、先生は突然こう言った。

「この組には障害を持つ子がいましたが、みなさんよく辛抱してくれました」

ほかの保護者たちが一斉にこちらを見る。憂いを帯びた目で、可哀想な子供でも見るみたいに栞をじっと見つめている。

「よかったら、一言どうぞ」

先生が栞に発言を促した。栞は戸惑いながら、おもむろに起立する。鉛の塊でもぶら下がっているみたいに腰が重かった。

「みなさん、一年間大変お世話になりました」

栞は不思議に思いながらも、それがまるで当然のことのように深く頭を下げた。先生のほうを見ると、「それで?」という表情をしている。

「いろいろと、ご迷惑をおかけしました。申し訳ございませんでした」

栞が再び頭を下げて着席すると、どこからともなく拍手が起きた。隣の保護者が涙目になって「いいのよ。気にしないでね」と言いながら栞の肩をさすった。

悪意はないのだろう。むしろ、優しさなのかもしれない。

でも、奏や自分は、人に迷惑をかけて謝罪しなければならない、慰められなくてはならない気の毒な存在なのだろうか──。

年少組を終えた三月、栞は奏を退園させることに決めた。

四月からは、自宅で幼児教育を行うことにした。ＳＮＳで出会い、たまにメッセージのやりとりをしていた同じ障害を持つ子のママが背中を押してくれた。そのことを直生に伝えると、「栞がそうしたいなら、そうしよう」と言った。その言い方には違和感を覚えたけれど、そこにいちいち嚙みつく気力は残っていなかった。

自分の選択が奏の可能性を狭めてしまったかもしれないと思うことは、今でもある。奏は楽しんで登園していたかもしれないし、大好きな友達だっていたかもしれない。でも、まわりから可哀想だと思われることも、謝ることが当然だと思われることも、栞には耐えられなかった。誰にどう思われることもなく、ただ波風のない生活を送りたかった。


奏が再び魔法にかかったように眠り、詩もベッドに入って静かになると、栞はようやく一人の時間を過ごすことができる。ナイターの取材を終えた直生が帰ってくるまでなるべく起きていたいとは思っているが、疲れ果てて先に寝てしまうことがほとんどだ。

スマートフォンの時計は、十一時五分を表示していた。珍しくこの時間まで起きていたから、今夜はもう少し待ってみよう——そう思い、リビングの大きな窓を開けてベランダに出た。マンションのほうに歩いてくる人影は、まだない。遠くに目を遣ると、少し先の運動公園の事務所に電気がついていた。公共施設でもこんな時間まで仕事している人がいるのかな、と思った。

窓を閉め、エアコンの風にあたって少しだけ体を冷やす。ソファに座ってテレビをつけると、ちょうどスポーツニュースが流れていた。SNSをチェックしながら、タイガースの試合結果を待つ。

記者になるという夢を叶えた夫が、選手や同僚たちから厚い信頼を受けて仕事しているのを、心から眩しいと思う。懸命に家族を支えようとする彼の姿勢にも、毎日励まされている。頼もしくも感じている。

でも、外に出ているあいだは家のことを忘れて好きな仕事に没頭できることを、羨ましいとも思う。同じように夢を持っていたはずなのに、なぜ自分だけが——そんな嫉妬のようなジレンマも、実は密かに抱えていた。

栞が直生と出会ったのは、彼女が大学一年のときだ。

当時、直生は四年生の先輩で、ジャーナリズム研究会という大学のサークルで一緒だった。彼は四月の時点でいくつかの大手新聞社からすでに内定をもらっていて、後輩たちからは羨望《せんぼう》の眼差しを向けられていた。

その年の夏に参加したサークルのバーベキューで、栞が焼きたてのピーマンを食べたとき、うっかり唇をやけどしてしまった。直生は急いで氷を持ってきてくれたり、救急箱から軟膏《なんこう》を出してきてくれたりして栞の世話を焼いた。それ以来、直生のことがなんとなく気になって、遠くから観察したり、同じサークルの人に彼のことを聞いてみたりした。見た目はそんなに派手ではなく、女の子からちやほやされるようなタイプでもなかったけれど、みんなが彼のことを優しくて頼りがいのある人だと言っていた。

直生が大学を卒業する直前、栞のほうからダメもとで食事に誘ってみた。就職の相談をしたいという栞に「まだ一年生なんだから、そんなに焦らなくてもいいのに」と言いつつ、直生は食事に付き合ってくれて、代金まで出してくれた。

駅までの道を黙ったまま歩いたあと、「じゃあ、俺ＪＲだから」と言って帰ろうとした直生の袖を、栞は無言のまま摑んだ。

「どうした？」

「すみません。先輩が卒業する前に、どうしても伝えたいことがあって」

そのあと何と言ったのか、正確には覚えていない。

でも、胸が苦しくて、吐息とほぼ同じ長さの言葉くらいしか伝えることができなかった記憶はある。その言葉はおそらく「好きです」だった。

「ありがとう。びっくりしたけど、嬉しい」

栞の渾身の告白に、直生はそう言って応えた。

二人の交際は、直生が新聞社に就職して大阪支社に配属になり、遠距離になっても順調に続いた。毎晩のように電話やメールをくれたので、なかなか会えなくても栞が直生の心変わりを心配することはなかった。不規則な仕事をしている彼のことを気遣って、大阪まで会いに行って苦手な料理を頑張って作ったこともあった。

大学を卒業したら直生と一緒に暮らしたいと思いつつも、栞にはファッション誌の編集者になりたいという夢もあって、東京の大手出版社の面接をいくつか受けた。しかし、どの会社とも縁を作ることはできず、横浜の小さな編集プロダクションに就職した。

入社した翌年の一月に、妊娠が発覚した。戸惑ったけれど、大好きな人の子供を身ごもったことを栞は素直に喜んだ。

交際からちょうど四年の記念日となった三月のある日、直生は栞に婚約指輪を渡した。もともと結婚するつもりで付き合っていたから、子供ができたことにはなんの戸惑いもないと直生は言った。授かり婚で順序が逆になってしまったけれど、交際期間も長く、栞の両親も付き合い始めたころから直生のことを知っていたので、結婚することになったと聞いて「相手が直生くんで本当によかった」と心から喜んだ。

会社ではいい顔をする人ばかりではなかったが、入社二年目の六月には円満に退社できた。七月に婚姻届を出し、八月に地元の八王子で詩を出産してから、秋になる前に直生の住む大阪に引っ越した。その三年後の五月には奏が生まれた。四人は絵に描いたような、どこにでもいる普通の幸せな家族だった。

直生の仕事は相変わらず不規則だったけれど、詩が生まれてからはよく遊んでくれたり、お風呂に入れてくれたりして、家庭を大事にする人なんだなと栞は感じた。宮城を家に呼んでは詩のことを自慢する直生を見て、なんて可愛らしい人だと思っていた。

しかし、奏に障害があるとわかってから、直生は変わってしまった。

何か言いたいことがあるような素振りをしていても、彼の口からは以前のようにまっすぐな言葉は出てこなくなった。栞が何か聞いても、「いいよ」「任せるよ」「好きなようにしていいよ」としか言わなくなった。もしかしたら、彼なりに気を遣っているのかもしれない。でも、直生のそんな態度は、すっと潮が引いていくときのような虚しさを感じさせた。

テレビ画面には、いつのまにかタイガースの試合結果が流れていた。今日は中盤から大差で負けていたため、宮城の登板はなかったようだ。再び、スマートフォンの時計を確認する。見ても同じだとわかっているのに、壁の時計にも目を遣った。夫は今日、何時に帰ってくるのだろう。

掛け時計の隣には、詩が描いた象とキリンの絵と、家族みんなで書いた正月の書初めが貼ってある。視線の先を少し下げると、棚の上にある結婚式の写真と、赤ちゃんの詩を抱いている自分の写真が目に入った。

もしこの子を授かっていなかったら、直生とは結婚していなかっただろうか——そんな思いが、ふと過《よぎ》る。もともと結婚するつもりだったとは言ってくれたけれど、ほんとうは責任を果たそうとしただけではなかったのか。そもそも、よく知りもしない三つ年下の後輩に告白されて、なぜその場で付き合うという答えを出せたのだろう。告白を断ったら可哀想だと思ったのか。妊娠したときも、結婚しなかったら悪いとでも思ったのか。

かつて毎年のように買ってきてくれていた木製の小さなオブジェを、昨年の結婚記念日から直生が忘れるようになった。「7」と「8」は栞が買ってきたものだ。はたして夫は、「9」のオブジェを買うことを、また思い出してくれるだろうか。そして、このオブジェはこれからも順調に数を増やしていくことができるのか。

詩を抱いている写真の隣には、奏が生まれたあとに撮った家族写真が飾ってある。直生は奏を膝の上に乗せて、綺麗に並んだ白い歯を見せていた。詩と奏が直生とまったく同じ形の笑顔をしていると気づいて、自然と頬が緩む。

疑いを持つことなど、馬鹿げている――そう思わせるほどに、写真の中の四人は笑っていた。


次の日も、同じように淡々とした朝がやってきた。

みんなの朝食と、詩の弁当を作る。詩が起きてきて、食事を済ませて出かけていく。今朝は友達とリコーダーの練習をする約束をしたそうで、普段より早く家を出ていった。

その少し後に直生が起きてきたが、すでに詩が出ていったと知ると寂しそうに肩を落とした。彼は朝食をさっと済ませ、リハビリで調整している選手の様子を見にファームの球場に行くと言って出かけた。

そろそろ奏を起こしに行く時間だ。手をドアノブに乗せたまま、小さく息を吸う。ドアを開けると、奏はいつものようにマルちゃんをぎゅっと抱きしめていた。

歯を磨かせ、ダイニングのテーブルにつかせて、コーンフレークを柔らかくする。今日は食べ終えるまでに二回、ペッと吐き出した。栞がティッシュでテーブルを拭くと、奏はいたずらっぽい笑顔で栞を見上げた。

奏はマルちゃんを連れてリビングの床に座り、パズルを始めた。同じ障害を持つ子供たちのあいだで人気だとSNSで紹介されていたパズルだ。最近の奏は、このパズルをやっているときがいちばん安定している。これに取り掛かってくれると、朝のルーティンを今日も無事終えたという達成感を一瞬だけ味わえる。

とはいえ、一般的な専業主婦のやるべきことはここからだ。掃除機は奏が怖がって使えないので、ペーパークリーナーでリビングやダイニングの床を綺麗にする。洗濯物を干し、奏が落ち着いているのを確認してから風呂の掃除をした。それが終わってようやく、ほんの少しの時間だけ一息つくことができる。

キッチンで湯を沸かし、ティーバッグを取り出した。奏の背中を見ながら、「ミルクティー作るけど、飲む?」「うん、ちょうだい」という、ごく普通の会話がいつか奏とできるようになることを夢見る。

マグカップに半分ほど湯を注ぎ、ティーバッグを浮かべた。透明な液体の中に、茶色の帯が広がっていく。それが夢で終わらなければいいなと思いながら、カップの中にできた小さな模様にしばらく視線を預ける。

冷えた牛乳を、そのまま入れた。以前そうやってミルクティーを作って直生に出したら、ぬるいと文句を言われたことがあった。その翌日に直生は小さな鍋を買ってきて、甘くて濃厚なロイヤルミルクティーを作ってみせた。悔しいけれど、それはお店で飲むような本格的な味だった。几帳面すぎるところがうざったいと思うこともたまにあるけれど、直生のそういう丁寧なところを好きになったのだとわかっていた。それは嫌味や皮肉などではなく、バーベキューでやけどしたときに氷を持ってきてくれたのと同じ、彼の優しさなのだ。

マグカップを片手に、ソファに座った。奏の背中を見守りながら、ゆっくり流れていくなんでもない時間を味わう。音を立てると奏が反応してしまうので、テレビもつけないし音楽も流さない。奏がパズルをする音をBGMにして、栞はぬるいミルクティーを堪能した。

すると、ソファに置いてあったスマートフォンの画面が光った。自閉スペクトラム症の子を持つ親たちのコミュニティからのお知らせだ。クリックすると、週末に開催されるオンラインイベントの告知だった。

その流れでSNSを開き、「#自閉症」で検索してみる。五十万件ほどもある投稿の中に、無邪気に笑う男の子の写真を見つけた。六歳になる「ルイくん」のママによる投稿だ。彼女とは会ったことも、メッセージのやりとりをしたこともないけれど、ルイくんが奏と同じころに自閉症と診断されたためになんとなく縁を感じ、彼女の投稿はたまにチェックしている。去年までは泣いて入れなかったプールに、今年はパパと入って楽しめたらしい。ルイくんの笑顔を見ていたら、栞も自然と口角が上がった。

アカウントこそ作ってはいるものの、奏のことを投稿したことは一度もなく、情報収集が目的だった。ルイくんのママのように我が子の障害をすぐに受け入れて、その様子を公にできる強さは自分にはない。それとも、こうして発信すれば、孤独な気持ちは少しでも解消されるのだろうか。

写真をスクロールしていくと、奏と同い年らしき女の子を見つけた。投稿欄には、二つの単語を繋げて話すことができないと書いてあった。

まだ、できないんだ——自分の中に、優越感が芽生える。その瞬間、なんとも言えない気持ち悪さを覚えた。人と比べても仕方ないと、あれだけ自分に言い聞かせてきたはずだ。この子にはできて奏にはできないことも、きっとあるだろう。そんなとき、もし同じことを思われていたら、どれだけ傷つくかわかっているはずなのに——。

スマートフォンとマグカップを置き、音を立てないようにリビングを出た。久しぶりに寝室のドアを開ける。マンションを買った当初、この部屋は夫婦で使うことを想定していた。しかし、直生が以前に増して多忙になったことと、栞が奏と一緒に寝るようになったことで、今は直生だけがここを使っている。

クローゼットの扉を開け、上の棚に手を伸ばした。奥のほうに仕舞ってあった大判の写真集を引っ張り出す。久々に手に取ったら、帯の端が少し捲《めく》れていた。もとの姿に戻るように、捲れた折り目を伸ばして丁寧に撫でる。

写真集を手にリビングに戻り、再びソファに腰を下ろした。『スマイルズ・アラウンド・ザ・ワールド』とアルファベットで書かれた文字を、視線の先でなぞる。

そして、ゆっくりと表紙を開いた。

ページを捲るたびに、さまざまな国の子供たちの満面の笑みがそこにあった。日本の子供、イスラエルの子供、フィリピンの子供、カナダの子供。戦場の子供たちの現状を痛々しく伝える写真もあった。写真はどれも、世界で活躍するフォトグラファーやアーティストたちによって撮影されたものだ。

栞が編集プロダクションに入社して半年後くらいの時期に、先輩のアシスタントとして手伝った思い出深い作品だった。普段は社会復帰への思いを断ち切るため、クローゼットの棚の奥に隠してある。でも、不意に襲ってきた負の感情をどうしても打ち消したくて、気分転換も兼ねて久々に手に取ってみることにした。

夢中になって、ページを捲っていく。できることなら、また編集の仕事に就いてこんな作品を世に届けたい――そんな誘惑が頭を過ったとき、ある写真が目に留まった。男の子が窓から顔を出し、とびきりの笑顔を浮かべている。撮影場所はカンボジアのバタンバンと書かれていた。それは、この写真集にフォトグラファーの一人として参画した気鋭の女性ジャーナリストが撮影したものだった。

彼女の名前は、佐々倉美琴という。

当時ニューヨーク在住の大学院生だった美琴とは、メールで写真データのやりとりなどをしているうちに親しくなった。彼女が日本で合同写真展に参画した際には、初日に足を運んで感想をメールで送った。来日時には仕事絡みの会食で顔を合わせることもあった。

妊娠してどうすべきかと悩んでいたとき、たまたま美琴と二人で昼食をともにする機会があった。あれはたしか、代官山にかつてあった「アフリカ」というレストランでのことだ。美琴とゆっくり話をするのは、それが初めてだった。

栞は美琴に、結婚願望はないのかという、今思えばずいぶん不躾《ぶしつけ》な質問をした。海外で思いのままに好きなことに取り組む自立した女性の結婚観を、ぜひ聞いてみたいと思ったのだ。

「今は大学院のほうがバタバタで、そんなことまで考える余裕はないかなぁ」

サラダを食べていたフォークを一旦置いて、美琴が言った。

「私、まだ二十七だしね」

「じゃあ、いつか子供を持ちたいという思いはありますか?」

「どうかな。漠然と、子供を持てたらきっと素敵だろうなと思うことはあるけど、結婚とか出産は自分だけではどうにもならないことだから、展望は持たないようにしてる。そうならなかったとき、無駄に悲しくなるから」

黙って話を聞いていた栞の顔を、美琴が覗き込んだ。

「何かあった?」

「いえ、そういうわけじゃないです」

嘘をついたことが、一瞬にして彼女にわかってしまったと悟った。

「結婚とか出産のタイミングって、決めるの難しいですよね。早く結婚したいけど出産で仕事に穴開けたくないし、とか。せっかく仕事に慣れてきたと思ったら子供ができちゃってどうしよう、とか」

取り繕《つくろ》うように捲し立てる栞に美琴は目を丸くしたが、すぐにいつもの凜とした佇まいを取り戻した。その凛々しさが、正しい答えへと導いてくれるような気がした。

「栞ちゃん、好きな人がいるんだね」

直生の顔が思い浮かんだ。もう産むことは決めている。栞は、小さく頷いた。

「あのね、ちょっと大げさかもしれないんだけど。人生って、必ず自分にとってベストなシナリオでできてると私は思ってるんだよね。だから、どんな選択をしても最高のストーリーになると私は思うよ」

彼女は、栞の目をまっすぐに見て続けた。

「こうとも言えるかな。何かを選択したら、それが自分にとってベストなシナリオだったとあとからちゃんと思えるように、自分で人生を紡《つむ》いでいくの」

肩の力が、すっと抜けていくのを感じた。思いがけない妊娠を告げたとき、中には否定的なことを言う人もいた。だから、誰かにそうやって最後に背中を押してほしかったのだ。

帰り際、栞は美琴が参画した合同写真展の記念ポストカードをバッグから取り出し、美琴にサインを求めた。

「私、有名人じゃないからサインなんてないよ。普通に名前書くだけでもいい？」

「はい、それで大丈夫です。ぜひお願いします」

ペンを渡すと、美琴はポストカードを左手で支えながら「佐々倉美琴」と書き、その下に日付を添えた。

「前から思ってたんですけど、美琴さんって素敵なお名前ですよね」

「ありがとう。オルゴールが由来なの」

「オルゴール？」

「父が母に交際を申し込んだとき、オルゴールをプレゼントしたんだって。それで、美しい詩《うた》を奏でる自鳴琴《オルゴール》っていう意味で、美琴って」

そう教えてくれたときの美琴の微笑みと、カンボジアの男の子の笑顔が重なった。あれ以来、彼女にはずっと会っていない。結婚してからは怒濤《どとう》の日々で、メールすら送っていなかった。

そのうち詩や奏に会ってもらえたらいいな――と、栞は思った。


翌日は、午前中に奏の歯科検診が入っていた。

もともと直生が連れていってくれることになっていたのだが、いよいよタイガースの優勝が今日か明日かというタイミングになり、彼はチームの東京遠征に同行することになってしまった。

直生の担当球団が優勝することを、彼がプロ野球に配属されたころからずっと心待ちにしていた。だから快く送り出し、昨日の晩も詩と一緒にタブレットで試合を観た。

今日もし勝てば、タイガースは二十年ぶりのリーグ優勝だ。きっと街は大いに賑わうだろう。

一方で、その日の栞はまったく別の緊張感を抱いていた。奏は歯科検診が苦手で、口を大きく開けてくれない。いつも、ほかの子の三倍くらいの時間がかかる。そして、そのあとは決まってご機嫌斜めになるのだ。

昨日から気が重かった。でも、虫歯ができたらもっと大変なことになる。歯科検診に行かないわけにはいかない。

夫がプロ野球球団のリーグ優勝の取材をするというときに、自分は娘の歯科検診に気を揉んでいるなんて、ちっぽけだなと思う。でも、そんなふうに思ってしまうとやりきれない。気持ちを切り替え、身支度を終えたばかりの奏に声をかけた。

「マルちゃん、持った?」

奏は返事をせずに宙を眺めたまま、後ろ手に隠していたマルちゃんを見せてきた。

水筒とタオルをバッグに入れ、家を出る。曇り空で、九月のわりに気温が低めなのは幸運だった。手を繋いで、歩いて五分のところにある歯科医院へと向かう。

到着し、自動ドアを通り過ぎる。受付に診察券を出して、オレンジ色のソファに座って呼ばれるのを待った。待合室には、すっきりとしたゼラニウムの香りが漂っている。奏はこの香りが気に入ったようで、鼻の穴を膨らませて気持ちよさそうに息を吸っていた。

「月ヶ瀬奏ちゃん、どうぞ」

歯科衛生士に呼ばれると、奏はマルちゃんの胴体を両手で包むように摑んだまま、ゆっくりと診察室のほうに歩を進めた。琹も奏のペースに合わせて、後ろを歩いていく。いつもはこのタイミングでぐずるけれど、どういうわけか今日は順調だ。

髪を後ろで一つに束ねた女性の歯科医師が、奏のご機嫌をとりながら手際よく診察してくれた。彼女は障害のことも知っている。奏はここでもぐずることなく、最後まで大人しく検診を受けることができた。

「奏ちゃん、よくできたね。偉かったねぇ」

歯科医師が脇のトレイに器具を置き、マスクを外しながら何度も奏を褒めてくれた。

検診が終わって待合室に戻ってくると、栞は奏の前にしゃがんで目線を合わせた。

「かなちゃん、すごいね。やったじゃん。よくできました」

奏はまた宙をぼんやりと眺めていて、何も言わない。

どうして今日は機嫌がよかったの？――心の中で聞いてみる。その答えを教えてくれたら、次来るときもそうするのに――考えても仕方ないことを思っては、気持ちを立て直す。そんな作業には、もうすっかり慣れてしまった。

「ほんとうに偉かったよ」

もう一度言うと、奏はようやく栞の目を見てはにかんだ。そして、得意げな表情をして「こうえん、あそぶ」と言った。

「そうだね、ご褒美に公園でたくさん遊ぼう！」

栞は奏の手を引いて、歯科医院と自宅マンションの真ん中あたりにある馴染みの公園に向かった。

到着するや否や、奏は砂場へと駆けていった。そして、左手でマルちゃんと手を繋ぎ、右手だけを不器用に動かして山を作り始める。ほんとうは栞も加わって一緒に作りたかったけれど、もしかしたら奏が嫌がるかもしれないと、そばのベンチに座ってその様子を眺めていた。

すると、「あれ、栞さん？」と女性の声がした。顔を上げると、幼稚園で同じ組だった男の子とその母親がいた。

「久しぶりやなぁ、栞さん」

「あ、こんにちは。お久しぶりですね」

栞は立ち上がって会釈した。幼稚園でのことがふと思い出され、一瞬だけ体に緊張が走る。男の子は女性の手から離れると、砂場に入っていって奏に話しかけた。奏がそれに応えることはなかったけれど、男の子が一緒に山を作り始めても拒否反応は示さなかった。

「奏ちゃん、元気そうでよかったわぁ」

女性が穏やかな口調でそう言いながら、ゆっくりとこちらに近づいてくる。そういえば、彼女のことは物腰が柔らかくて感じのいい人だと思っていた。だから彼女が隣に腰を下ろすころには、自然と肩の力が抜けていた。

「栞さんの旦那さんって、たしかゲンニチの記者さんやったよね。タイガース優勝で忙しくなりそうやん」

「そうなんです。今も東京遠征で、しばらく留守にしていて」

「大変やなぁ。奏ちゃんのこともあるのにワンオペなんて」

「ええ、まぁ。でも、タイガース優勝するの久しぶりだし」

「何年ぶりか記憶ないわ、もう。それにしても宮城くんすごいなぁ、あの子」

こんなふうに奏の幼稚園のママ友と雑談することなんて、もう二度とないだろうと思っていた。気がつけば、仲のよかった詩の同級生のママ友たちとも疎遠になっている。当たり前だったことに懐かしさを覚えて、自分は孤独なのだとまた悟ってしまった。

そのとき、砂場で聞き覚えのある奇声が上がった。はっとして、声のほうに目を遣る。男の子が奏からマルちゃんを奪い取っていた。

「こら、あんた。何してんの！」

女性が先ほどまでとは違う強い口調で、男の子に向かって叫ぶ。それでも男の子はマルちゃんを返そうとしない。

ものすごい奇声が、公園じゅうに響く。

女性はその声に怯えながら、無理やり男の子からマルちゃんを奪い取って奏に差し出した。

「奏ちゃん、ごめんな。これ、ちゃんと返すから」

奏は奇声を上げ続けるだけで、マルちゃんを受け取ろうとはしない。栞が駆け寄って、代わりに受け取った。

「栞さん、ごめんなさいね」

女性は頭を下げ、男の子の頭もねじ伏せるようにして下げさせた。

「そんな、こちらこそすみません。せっかく声をかけていただいたのに」

男の子は目を丸くして、奇声を上げる奏をじっと見ていた。女性が「もう帰るで！」と言って、男の子の手を引っ張っていく。

栞はマルちゃんを奏に差し出した。

「かなちゃん、私たちも帰ろうか」

しかし、奏はマルちゃんに見向きもしない。いやいやを繰り返し、そして、何を思い立ったのか突然走り出した。

奏が、全力で公園の中を駆けていく。

必死になって追いかけたが、奏の足は思ったよりずっと速かった。

ジャングルジムが見えた瞬間、嫌な予感がした。まるでそれが決まっていたことであるかのように、奏はその上によじ登り、てっぺんまで行ってしまった。栞はジャングルジムの下に立ち、いつでも奏を受け止められるよう大きく手を広げた。

しかし、奏はジャングルジムの上を渡って、反対側に行ってしまう。

そのとき、「きゃっ」という悲鳴とともに、ドスンと鈍い音がした。

「かなちゃん！」

自分の声なのに、どこか遠くのほうから聞こえてくるようだった。

駆け寄ると、髪の生え際にべっとりと血が滲んでいる。それを目にした瞬間、栞は膝から崩れ落ちた。救急車を呼ばなければと思っているのに、指先が震えてバッグからスマートフォンを取り出すことができない。

近くで遊んでいた子供の親が駆けつけて、奏の頭にタオルを当てて止血してくれた。

「救急車！」

背中のほうで、別の知らない誰かが叫んだ。栞は、ぐったりして目を閉じている奏の肩をさすることしかできない。

救急車のサイレンが近づいてきて、公園の前で止んだ。背後で赤いランプが回っているのがわかった。救急隊員がやってきて、奏を担架に乗せて車内に運んでいく。

栞は動揺しながらも、救護してくれた人たちに何度も頭を下げた。

「付き添いの方！」

隊員に呼ばれて、慌ててあとに続く。

救急車は市立病院へと走り、すぐに傷の手当てと精密検査が行われた。目を覚ました奏は過呼吸を引き起こし、栞の手をいつまでも離さなかった。検査では脳に異常は見つからなかったが、パニック状態が激しく、落ち着くまで病室で様子を見ることになった。

ベッドで眠っている奏を見ながら、口が自然に「ごめんね」と呟いていた。

歯科検診が思いのほかスムーズに行って安心してしまった。久しぶりにママ友とほっとする会話ができて気が緩んでしまった。こうなったのは全部、ちゃんと見ていなかった自分のせいだ――。

掛け布団を少しだけ持ち上げ、マルちゃんを奏の隣に寝かせる。奏は自分に起きたことをすっかり忘れてしまったかのように、いつもの無垢な表情で淡い寝息を立てていた。

スマートフォンが短く震えた。画面を見ると、「栄神タイガース　今夜二十年ぶりの優勝なるか」というニュースのバナーが表示されていた。

直生は東京にいて、今夜は帰ってこない。

栞は奏に付き添っていなくてはならない。でも、詩にもご飯を作ってあげなければならない。

自分の両親は八王子で、義理の両親は静岡だ。

また遥の家にお願いするしかないのか。

こんなことが、いったいいつまで続くのか——。

心の中で丁寧に積み上げてきたものが少しずつ綻び、壊れていく。

第三章

九月最後の木曜日、持田文一は二週間ぶりに葉山に向かって車を走らせていた。

気がつけば、残暑はだいぶ落ち着いている。少しだけ開けた窓からは、秋の始まりを知らせる乾いた風が心地よく通り抜けていった。

これまで週に一度は来ていたのだが、クライアントである宮城峻太朗のエージェントがアメリカから来日していたので、そのアテンドやミーティングなどもあって先週は時間を作ることができなかった。

国道から外れ、細い道を山のほうへと進んでいく。

まもなく、大きな窓のあるベージュ色の建物が見えてきた。

きっちりと刈り揃えられた植木のあいだを抜け、駐車場のいちばん隅に車を停める。シートベルトを外し、助手席に置いてあった鞄を持ってドアを開けた。

車を降りて後ろを振り返ると、海の向こうに富士山が見えた。今日はとりわけ空気が澄んでいて、はっきりとその形がわかる。

彼女にホスピスを探してほしいと頼まれたとき、「小さくてもいいから富士山が見えるところがいい」と言われた。理由はなんとなく想像できたが、あえて聞いていない。なかなか条件に合うところが見つからなくて、最終的に空きがあったのが葉山にあるこのホスピスだった。

「富士山が海の向こうになってしまったんだけど、いいかな」

文一がそう尋ねると、彼女は少し考えてから言った。

「そのくらい離れているのが、ちょうどいいのかも」

エントランスに向かおうと一歩を踏み出したとき、後部座席に忘れ物をしたことを思い出した。解錠し、ドアを開けて手を伸ばす。文一が手に取ったのは、タイガースの優勝を伝える現日スポーツの朝刊だった。

自動ドアを抜け、エレベーターで三階へと向かう。

ノックをすると、彼女の世話をしているスタッフの織部《おりべ》実穂《みほ》がドアを開けてくれた。

「あ、持田さん。こんにちは」

「どうも、お世話になります」

どうぞ、と実穂がドアを大きく開けると、ベッドに横たわった佐々倉美琴の笑顔が見えた。彼女は手に、まだ皮を剥いていない小さなバナナを一つ持っていた。枕元に置いたスマートフォンからは、ラジオの音が聴こえてくる。

「いらっしゃい」

「ごめん、二週間のご無沙汰だ」

実穂が「じゃあ、ごゆっくり」と声をかける。文一は振り返り、ドアを閉めようとする彼女に会釈した。

その様子を見ていた美琴は、まだ一部が青みを帯びたバナナを鼻に近づけ、その香りを嗅ぎながらにやりと不敵な笑みを浮かべた。

「狙ってるんでしょ」

「は？」

「実穂さんに言っておく。あの弁護士は結婚不適合者だから気をつけてくださいねって」

「何言ってんだ、お前は」

持っていたスポーツ新聞を筒型に丸め、美琴の頭をポンと軽く叩いた。そして、そのまま彼女に差し出す。

「え、何？」

「記者として活躍してるみたいだよ」

文一は新聞を広げ、三面記事を指さした。そこには「月ヶ瀬直生」の署名があった。

バナナを枕元に置いて、美琴が新聞を手に取る。彼女は、眩しそうにその名前を見つめた。

中学時代、美琴が直生に好意を寄せていたことは知っていた。最初は直生の兄の莉生と交際していたが、いろいろあって彼女の想いは弟である直生のほうに向いていった。

「会いたい？」

まるでそれがなんでもない質問であるかのように、美琴に尋ねる。彼女は柔らかな表情のまま、ゆっくりと首を横に振った。

「そっか」

またなんでもなかったかのように頷き、窓際のソファに腰かける。

「ねぇ、ブンイチって今、忙しい時期なんでしょ?」

わざと話題を変えるように、美琴が尋ねてきた。

「僕には忙しくない時期なんてないよ」

ふと壁のカレンダーが目に入る。余命宣告を受けている美琴は、このカレンダーを毎日どんな思いで眺めているのだろうと文一は思う。

二年前、三十四歳のとき美琴に乳がんが見つかった。

しかし、彼女は積極的に治療をしようとはしなかった。というのも、彼女は自分の使命とも感じられる仕事を引き受けたばかりだったからだ。それは、その年の春にとある国のトップが身勝手に始めた戦争の取材だった。美琴は古巣《ふるす》の通信社から依頼を受け、現地に飛んだ。いつ来るかわからない爆撃に怯える民間人の様子を日本や世界各国に届け、反戦を訴えた。

ジャーナリストが襲撃されたというニュースが入ると、それが美琴なのではないかという思いに駆られ、背筋を凍らせた。

「体調のこともあるし、とにかく一度帰っておいでよ」

現地から電話をかけてきた美琴に、文一はそう言った。

「これが私の生き方なの、知ってるでしょ?」

美琴はそれだけ言うと、電話を切ってしまった。

昨年帰国したころには病状がかなり悪化していて、もう手の施《ほどこ》しようがなかった。

がんの診断を受けたときは体がまだ元気だったので、本人も実感がなかったのだろう。だが、いよいよ体が動かなくなると、美琴は急に弱気になった。適切な治療を受けずに仕事を優先したことを後悔しているようにも見えたが、美琴がそれを口にしたことは一度もなかった。

美琴と文一は中学時代、新聞部で一緒になったのを機に仲良くなった。

当時の美琴は、一見芯は強そうだけれど、どこか自信がなく、まわりに流されやすいところのある少女だったと記憶している。特に莉生との交際においては、そんな一面が顕著に表れていた。

莉生はサッカー部のキャプテンで強豪校からスカウトもされていたため、校内では崇拝されるような存在だった。表向きは人当たりがよかったが、気に入らないことがあると気性が荒くなるきらいがあり、文一が新聞部員として試合に敗退した直後の彼を取材したときにはひどく八つ当たりされた。

二人が付き合い始めたと知って美琴に忠告することも考えたが、人の色恋に口を出すのはナンセンスだと思い、本人が自分で気づいてくれるのを待った。莉生の高校進学後に美琴がひどく傷つけられたと後から聞かされて、やっぱり言っておけばよかったと悔やんだ。

文一と美琴は地元でいちばん偏差値の高い県立高校を目指していた。しかし、美琴は受験に失敗し、滑り止めの私立高校に進学した。文一は無事合格して、その三年後東大に進学するのを機に上京した。

美琴も大学はもともと行きたかったところに合格して、同じ時期に上京したことは文一の耳にも入っていた。ただ、高校に進学してからあまり会うこともなくなって、大学進学以降はほとんど連絡をとらなくなり、一度だけ地元で同級生が集まったときに顔を合わせたくらいだった。

ところが、三十二歳のとき、美琴から突然電話がかかってきた。

「離婚することになったんだよね。力を貸してくれない？」

「揉めてるの？　裁判沙汰になりそう？」

「ううん、協議離婚できそうなんだけど、財産分与の件でちょっと相談に乗ってほしくて」

久しぶりに再会したとき、美琴はフリーランスのフォトジャーナリストとして東京を拠点に活動していた。聞くところによると、大学卒業後は大手通信社に就職し、二十七歳で退職したあとはアメリカの大学院でジャーナリズムを学び、そのままニューヨークでフォトジャーナリストとして独立したらしい。離婚することになった夫とは、ニューヨークにいたころ現地で知り合ったということだった。

文一と美琴はこの離婚を機に再び仲良くなり、月に二、三回は飲みに行くような間柄になった。文一が婚約破棄を二回したことがあると白状すると、「私たち、両方とも結婚不適合者じゃない」と美琴は笑った。そのまま二人が恋に落ちるという流れもなくはなかったが、そんな矢先に美琴の病が発覚した。

美琴と再会して離婚の手続きを手伝ううちに、文一は彼女の作品の著作権管理も担当することになった。彼女が戦地から戻ってからは、終活のサポートもしている。それ以前はこの手の仕事をほとんど受けてこなかったが、彼女の依頼は断る気になれなかった。

美琴が七月まで住んでいたマンションの解約や家財の処分はすでに終わり、保険の書類や著作権の契約書の確認も完了していた。しかし、彼女から受け取った書類の中に、一つだけどう処理したらいいのかわからないものがあった。

しばらくたわいもない話をしたあと、鞄の中から古びたＢ５サイズの封筒を取り出し、美琴に見せた。

「ねぇ、書類の中に入ってたんだけど、これって何？」

美琴は顔を上げて、その封筒を見た。

「ああ……」

苦笑いとも微笑ともとれる笑みを見せて、彼女は続ける。

「それねぇ、どうしようかまだ迷ってるの」

「そっか」

「死ぬまでにちゃんと決めるから。もうちょっと待ってて」

おどけたように、彼女は言った。

「わかった。ほかに、今日のうちに僕に頼んでおきたいことは？」

「ううん、今日は大丈夫」

「了解。じゃあ、そろそろ行くね」

「ありがとう」

「来週また来るから」

「無理しないで。時間があったらでいいよ」

「大丈夫。時間は作る」

文一は封筒を鞄に仕舞い、美琴の部屋をあとにした。

エレベーターを降り、エントランスを通り過ぎる。すると、駐車場のほうから見たことのある顔がこちらに向かってきた。美琴の元夫、平岩慎吾《ひらいわしんご》だ。高身長と厚い胸板のせいか、グレーのTシャツにベージュのパンツとどんなに落ち着いた色味でコーディネートしていても、その存在を見逃すことはできない。

平岩も文一に気づき、笑顔で近づいてきた。

「持田先生、お久しぶりですね」

「どうも、ご無沙汰しています」

離婚の際、財産分与の協議で顔を合わせて以来だ。こんなところで、こんなふうに再会するとは、もちろんそのときは想像もしていなかった。

「テレビでよく平岩さんをお見かけしますよ。お忙しそうですね」

「あはは。お恥ずかしい限りです」

彼は美琴と出会ったとき、ニューヨーク在住のヘアメイクアップアーティストだった。現在は表参道にオフィスを構え、有名人御用達《ごようたし》のヘアメイクとして話題を呼んでいる。つい先日、平岩が有名な密着ドキュメントの番組に出演していたのを観たばかりだ。

「うちの事務所の女性スタッフが、よく平岩さんのメイク特集を雑誌でチェックしているみたいで。この前も、プロデュースされた口紅を買ったと言ってた子がいました」

「それはありがとうございます。よかったら今度お送りしますから、遠慮なく言ってください。先生にはいろいろとお世話になったんで、お礼もしたいですし」

仕事ではかなりのやり手なのだろうが、自分がヘアメイクの世界でトップだという驕《おご》りを一切感じさせない平岩の腰の低いところに、文一は好感を抱いていた。

「美琴、どんな様子でした？」

「ああ、可もなく不可もなくって感じですかね」

「そうですか。気力だけは残っているといいんですけど」

「それは、まだ大丈夫だと思いますよ。人のこと茶化してきますから」

平岩はふっと笑い、穏やかな表情を見せる。文一はふと、一週間ほど前に平岩と人気モデルの交際が報道されていたことを思い出した。

「平岩さん、あの、そういえばこの前ちょっと週刊誌で——」

「ああ、彼女はもともと仕事仲間で、親しい友人の一人なんです。恋人とか、そんなんじゃありません。僕はもう結婚するつもりもありませんので」

「そうですか。立ち入ったことをお聞きしてすみません」

「いえ。こちらこそ、お騒がせして申し訳ないです」

しばしの沈黙のあと、平岩はまっすぐに文一を見て言った。

「今は後悔のないように、美琴のためにできることをするだけです。夫婦としてはダメでしたけど、今でも彼女は戦友みたいなものですから」

微笑んだ平岩の目じりに、優しい皺が刻まれた。

彼は美琴や文一よりも四歳年上だと聞いている。今年で四十になるはずだ。

美琴と結婚したときは、三十四歳だったことになる。結婚後、二人は日本に帰国してそれぞれ東京に仕事の拠点を構えたが、その結婚生活はわずか二年ほどで幕を閉じた。短かった二人の日々は、美琴にどんな意味をもたらしたのだろう。

「じゃあ、そろそろ会いに行ってきますね」

「ああ、はい。僕も失礼します」

「最後まで、どうか宜しくお願いします」

平岩は、そう言って深々と頭を下げた。

最後まで——そう聞いて、文一は今まで気づかないふりをしていた寂寥《せきりょう》を感じ取った。


十月最初の火曜日、昼過ぎの新幹線で大阪に向かった。

クライマックスシリーズが始まる前に、メジャー移籍について宮城と話しておきたいことがあったのだ。

球場での練習を終えた宮城と、大阪市内のホテルにある中華料理店の個室で合流した。

文一は彼に、実は直生が中学時代の一つ下の後輩だったと伝えた。

「あ、この前それ直生さんからも聞きましたよ。世間は狭いですね。ホント、悪いことできないですよ二人とも」

宮城は笑いながら、ウーロン茶を飲んだ。

体調は万全らしく、とてもいい表情をしている。挑戦者の顔だ。

リーグ優勝の瞬間、歓喜の輪の中心にいたのは胴上げ投手となったこの男だった。アメリカのエージェントやメジャー球団のスカウトもその試合をバックネット裏で観ていて、彼の活躍に大きく頷いていた。

すでに三十三歳ではあるものの、ピッチャーとしていちばんいい時期に彼をアメリカに送り出せることに、サポートする側として大きな喜びを感じている。巴川沿いの小さな町からメジャーリーガーが誕生するなんてロマンがあるなぁと、関係者ながら胸が躍った。

一通り仕事の話が終わると、宮城は好物のエビチリを食べながら語り出した。

「今年のオフは実家でゆっくり過ごしたいんですよね」

「そう。珍しいね、地元で過ごすなんて」

「ばあちゃんが最近あんまり体調よくないんですよ。アメリカに行っちゃうと、すぐ会いに来られないから」

家族思いの宮城の言葉に、なかなか地元に帰っていない文一は反省する。

「優香もゆっくりしたいだろうし。それぞれの実家でのんびりしようって話してるんです」

「そうか。そういうとき、同郷の奥さんていいよね」

宮城の妻は高校時代の同級生で、野球部ではなくサッカー部のマネージャーだった。

「今年は、賢斗《けんと》の墓参りも同級生たちとみんなで行きたいなって」

「賢斗さん、亡くなってどのくらいになる？」

「二十五のときだったから、もう八年ですね」

賢斗とは、優香が二十歳のときに結婚した前の夫だ。彼は宮城のクラスメイトであり、サッカー部のエースだった。賢斗と優香は結婚した二年後に息子の優斗《ゆうと》をもうけた。しかし、賢斗は不慮の事故で突然他界してしまった。

宮城と優香が高校を卒業して以来久しぶりに再会したのは、賢斗の葬儀のときだったそうだ。宮城はすでに関西でプロ野球選手としてプレーしていたが、宮城の母親と優香の母親がもともと仲良しだったこともあり、宮城は母親に促されてたまに優香に連絡したり、地元で会ったりして励ました。

優斗がサッカーよりも野球を好きになったのは、宮城が父親代わりにキャッチボールで遊んであげていたからだった。

「本当は優斗にもサッカー教えてあげたかったんですけどね。俺、ホントに下手くそで……」

「サッカー王国出身なのにね」

「一度だけ一緒にやったんですけど、リフティングが三回しかできなくて優斗にすげぇバカにされて。だったらキャッチボール見せてやれと思って」

かすかな笑みを浮かべながら、宮城は優斗と出会ったころを回顧《かいこ》する。

優斗が八歳のとき、宮城は優香との結婚を決意した。二人の結婚を地元の同級生たちはとても喜んだ。しかし優香によれば、誰よりも喜んでいたのは優斗だったそうだ。昨年には宮城と優香のあいだに次男の颯斗《はやと》が生まれ、宮城家は四人家族になった。

宮城は、ふと寂しそうな目で言う。

「最近、優斗がなんだか気ぃ遣ってるみたいなんですよ」

「気を遣ってるって、何に?」

「颯斗が生まれたからかなぁ。わかんないけど。しかもあいつ、こっち来てから学校でいじめられてるみたいなんです」

「そうなの?」

「なんか、俺のせいで引っ越すことになっちゃって、申し訳なかったなぁって……」

「引越しは野球選手の家族の宿命だから仕方ないよ。それに、二人の結婚で優斗くんにはプラスになったことのほうがずっと大きかったはずだよ」

宮城は苦笑いを浮かべながら頷き、小さくため息をついた。

「持田さん、よかったら今日はもう一軒行きませんか? 先輩が最近店を出したんで、顔を出したいんですよ」

大事なポストシーズンを控えたタイミングで飲み歩く姿を見られるのは、できたら避けたほうがいい。でも、宮城が二軒目に誘ってくるのも珍しかったので、「じゃあ、一時間だけ」と言ってついていくことにした。とはいっても、食事を始めたのが六時ごろだったので、まだ七時半を過ぎたところだった。

「せっかくだから、直生さんも誘いましょうか」

「ああ、そうだね。もし来られそうなら」

宮城はスマートフォンを手に取り、直生に電話をかけた。

「あ、でも栞さんに怒られちゃうかなぁ……」

そう呟きながら、宮城が直生の応答を待つ。栞というのは、おそらく直生の妻だろう。

直生はまだ会社にいたようで、宮城がふざけて「僕の敏腕エージェントも一緒ですよ」と伝えると、すぐに向かうと言ったようだ。

タイガースOBが営んでいるというそのバーは、北新地にある雑居ビルの五階にあった。エレベーターを降り、まだ誰もいない静かな店内に入る。宮城は店主である元チームメイトと気さくに挨拶を交わすと、「僕の敏腕エージェントです」とおどけながら文一を紹介した。

少し疲れていて糖分が欲しかったので、普段はあまり飲まない甘めのフルーツカクテルを試してみることにした。宮城がジンジャーエールを頼んでちょうど乾杯したとき、直生がドアを開けて入ってきた。直生はビールを注文し、改めて三人でグラスを合わせた。

「同じ地元のメンツが三人揃って新地で飲むなんて。しかも仕事繋がりなんて」

宮城は珍しく、陽気に笑った。

「たしかに、そうだね。まさか持田さんと宮城が繋がってるなんて思ってなかった。あれ、でも二人は高校に通っていた時期は被ってないんですよね？」

「うん。宮城くんと僕は三つ違いだから、ちょうど入れ違いなんだ。僕の後輩が紹介してくれたんだけどね。宮城くんと月ヶ瀬くんは、そもそも学校は被ってないんでしょ?」

「はい。学年は二つ違いですけど、出会ったのは宮城がプロに入ってからで、中学も高校も違います。宮城は川向こうの入江中ですから」

「いやいや直生さん、俺からしたらそっちが川向こうだから」

「たしか、僕が中三のときの担任が、卒業後に入江中に赴任してるんだよ。宮城くん、川井先生って知らない?」

「ああ、一年生のときの担任です。国語の先生ですよね」

「そうそう。そういえば、宮城くんって三室先生の塾にも通ってたんだよね」

「はい、高校受験の直前だけでしたけどね。入江中時代に東海大会で優勝してたんで御門台へは学校裁量枠で行けるって話だったんですけど、県立の進学校だから成績もそれなりによくないと入学できないって言われて。俺、数学がホントにダメだったんですよ。計算ミスがあるたびにすっげぇ叱られたな、三室先生に。あの人、野球部の監督より怖かったですよ」

「野球は確率のスポーツなんだから、数学できなかったら絶対ダメだろ」

「いや、数学の成績に拘《こだわ》っていたらこんな立派なプロ野球選手にはなれなかったと解釈すべきじゃないかな」

「さすが持田さん、考え方がポジティブ。直生さんとは違うね」

一時間と約束したけれど、同郷の心地よさからか、もう少しそこにいたくなった。しかし、宮城はスマートフォンで時間を確認すると、すっと席を立った。

「すみません。明日も練習あるんで先に失礼します」

そう言って、チェックをしようとした。その手を文一が制する。

「ここはいいよ」

「いや、俺が誘ったんで」

「地元繋がりなんだから、いちばん先輩の僕に払わせてよ」

財布を持った宮城の左手に軽く触れて、もう一度支払いを制した。宮城は笑顔で財布を仕舞い、店を出て行った。

すると、直生が申し訳なさそうに言う。

「家のことがあるんで、僕ももうちょっとしたら失礼します」

「そっか。じゃあ、これ飲んだら出ようか」

ふと、宮城が「栞さんに怒られちゃうかなぁ」と呟いていたのを思い出した。

「家のことがあるんでって、奥さん怖いの？」

冗談めかして、尋ねてみる。

「いえ、そういうわけじゃないんですけど――」

直生の苦笑いを見て、まずい質問をしたかなと反省した。

「下の子がこの前ちょっと怪我して入院しちゃって。もう退院はしたんですけど、なるべく早めに帰ったほうがいいかなって」

「それは大変だったね。怪我の具合はどうなの？」

「そっちのほうは、もう大丈夫みたいです」

「そっちじゃないほうは、まだ大丈夫じゃないのかな？」

追い詰めるような言い方をしてしまった。弁護士の悪い癖だ。案の定、直生は観念したように小さく息を吐いた。

「実は、障害を持っていて。自閉症なんですけど。怪我をしてから若干不安定みたいなんです。まぁ、ほかにも家族のことでいろいろ。でも、大丈夫です。気にしないでください。すみません、こんな話して」

「いや。じゃあ、もう出ようか。奥さんも大変だろうし」

「大丈夫です。持田さんともゆっくり話がしたかったから。それに、宮城と会うときは優先していいよって言われてるんで」

「そう。できた奥さんなんだね」

「いえ、そんな。上の子がまだ小さくてイヤイヤ期だったころ、宮城が根気よく遊んでくれたんです。だから、宮城に感謝してるんだと思います」

直生はスマートフォンを取り出し、写真アプリを立ち上げた。そして、二人の女の子が写った一枚を文一に見せた。

「右が、お姉ちゃんの詩です。左が下の子で、奏っていいます」

「名前、詩ちゃんと、奏ちゃんっていうの？」

「はい。両方とも妻がつけてくれたんですけど」

「そう――いい名前だね」

直生はスマートフォンの画面を見ながら、急に顔を曇らせた。

「こんなこと、甘えでしかないんですけど。僕、挑戦できる宮城が羨ましくて」

「というと？」

「ここだけの話にしてほしいんですけど――」

直生はスマートフォンをテーブルの上に置いた。その瞬間、画面がすっと暗くなった。

「会社を辞めて独立したいって思うことがあるんです。今だって仕事は充実してるし、いい同僚にも恵まれてるんですけど――腕一本で毎日闘ってる選手たちをずっと間近で見てたら、自分も一回ゲンニチの看板外して勝負してみたいなって。大学を卒業してからずっと今の会社だし、もっと違う世界も見てみたいんです。でも、琛も社会復帰を我慢しているのに、そんなわがままは到底言えなくて」

直生はジントニックの入ったグラスに、そっと口をつける。

「やっぱりいいです。やめましょう、この話」

文一も、半分に減っていた二杯目のフルーツカクテルを静かに啜った。

ふと、中学時代の記憶が呼び起こされた。美琴が部室で教えてくれた話を思い出す。美琴は、直生が莉生の暴力から果敢《かかん》に救ってくれたのだと言っていた。彼の中にはその果敢さが変わることなく残っていて、今は燃えきれずに燻《くすぶ》っているのかもしれないと、文一は思った。

すると心を読まれたかのように、直生が突然こちらを向いて尋ねてきた。

「あの、佐々倉美琴さんは、今どうされているんですかね」

間を稼ぐために、今更ながらゆっくりとフルーツカクテルを味わう振りをする。

「フォトジャーナリストをやってるよ。世界を股にかけて活躍してる。経済的に貧しい国を取材することもあるし、ときには戦地に行くこともある。すごいやつだよ」

直生はグラスに視線を落とし、目を細めた。

「僕の思った通りでした」

「え？」

「昔、あの人の夢を聞いたことがあったから。中学生ながら、すごいなって」

そんな美琴の撥条《ぜんまい》を巻いたのは、ほかでもない、君だったんだよ——そう舌の先まで出かかったけれど、そんなことを言ってしまったら、きっと彼女に叱られてしまう。

先ほど直生が見せてくれた、写真の女の子たちの笑顔を思い出した。

「佐々倉の名前の由来、聞いたことあった？」

「え？」

「美琴って名前の由来」

「え、知らないですけど。何ですか？」

「いや。長い話になるから、またいつか話すよ」

妻がつけたと言っていた彼の娘たちの名前に、美琴の気配を感じた。偶然だろうか。ただの気のせいだろうか。

「佐々倉先輩、元気にされてるんですか？」

「ああ、元気だよ」

彼女が今ホスピスにいることは、家族以外には知らせない約束になっている。

だから、「会いたい」と言われたら困る。

「今、ニューヨークにいるんだ。だから、なかなか会えないけどね」


約束通り、前回の訪問の翌週にホスピスを訪ねた。

ロビーを歩いていると、ちょうどエレベーターから降りてきた美琴の両親と遭遇した。六十代半ばにしては若く見えるほうだが、不治の病と闘う一人娘に会ったばかりの二人は、少し重たい空気を纏っていた。

しかし、美琴の母は文一を見つけると、ぱっと表情を明るくした。

「ブンイチくん、お久しぶり」

「こんにちは。もうお帰りですか？」

「夕方は渋滞になりそうだから、その前に戻ろうと思ってね」

「遠くまですみません。もっと近場で見つけられればよかったんですけど」

「いいのよ。あの子、ここがすごく気に入ってるみたいだし。こんなにいいところ見つけてくれて、むしろ感謝してるの」

美琴の父が、小さく腰を折って言う。

「持田くん、本当にいろいろとありがとうね。マンションの解約手続きから何から」

「いいえ、それが僕の仕事ですから」

「静岡に帰ってくることがあったら、ぜひうちにも寄ってくれ」

なかなか地元に帰る機会もないだろうなと思いながら、二人の後ろ姿を見送った。記憶の中にある姿と比べると、その背中はずいぶん小さくなったような気がする。

次にこの二人に会うのは、おそらく――。

そんなことを冷静に想像してしまう性分《しょうぶん》に心の底から嫌気がさして、去っていく二人から思わず目を逸らした。

美琴の両親は、彼女の仕事にかける思いを理解し、治療より仕事を優先させてしまったことも仕方なく受け入れていた。一人娘を自分たちより先に逝かせてしまうなんて、どんなに覚悟していたって身を引き裂かれるような思いだろう。何て親不孝なやつなんだと、美琴のことを初めて腹立たしく思った。

エレベーターに乗り、美琴の部屋へと進む。ノックしてドアを開けると、彼女は珍しくソファに座って窓の外を眺めていた。おそらく遠くの富士山を見ているのだろう。手に持ったスマートフォンからは、相変わらずラジオの音が流れている。

美琴が振り向き、靄《もや》がかかったような弱々しい笑みを浮かべた。

「どうしたの、窓の外なんか見て」

文一が尋ねる。

「別に、なんでもないよ」

美琴の返事に、中学時代、新聞部の部室に入ったときの光景が重なった。

文一が部室のドアを開けると、美琴が窓を全開にして外を見ていたことがあった。

ポーン、ポーンと規則正しいテニスボールの音がグラウンドからかすかに聞こえてきて、美琴はその音のするほうに視線を向けていた。

その視線の先に直生の姿があることを、文一は知っていた。胸を締めつけられるような思いで、それでも平静を装って「どうしたの」と聞いても、美琴は「なんでもないよ」としか言わなかった。

美琴はゆっくりとベッドに戻り、横たわって天井を力なく見つめた。

食はそんなに細くなっていないと実穂から聞いていたが、運動量が減ったせいかずいぶん痩せたように思う。ホスピスに入った時点で、余命は三か月だと言われていた。それからもう二か月以上が経っている。

ただ、余命というのは本当にあてにならないもので、別のクライアントは余命二か月と言われながら一年半も生きた。人の寿命というのはわからない。この世でのミッションを完了したときにようやく上からお呼ばれするのだ、なんて弁護士が非論理的なことを言ったら、きっとみんなに笑われるだろう。

すると、美琴が吐息混じりに話し始めた。

「どうしてだろうね」

「ん、何が？」

「病気になってから、決めてたのに」

「何を？」

「自分を大事に思ってくれる人のことだけを、大事にするって」

「そう。それで、何が『どうしてだろうね』なの？」

「どうしてさ」

「うん」

「自分のことを、思い出すことすらない人のことをさ」

「うん」

「こんなに考えちゃうんだろうね」

美琴のゆっくりとした口調が容体《ようだい》のせいでなければいいと、文一は思った。

「一か月くらい前にね、電話が来たの」

「電話？　誰から？」

「中学の後輩の、嶺井くん」

美琴は、まだ天井をぼんやりと見つめている。

「直生くんと、話した。すごく久しぶりに」

「そう。どうだった？」

「私、彼の声を忘れてた。こんな声だったんだって思った」

ベッドの脇に歩み寄り、美琴の顔を覗き込む。

「もう一度聞くけど、会いたい？」

美琴は天井を見つめたまま、何も言わない。

「佐々倉が会いたいなら、連れてくる」

彼女はそっと目を閉じた。瞼が、かすかに震えている。文一は、彼女の右手を取って握り締めた。

「すぐにでも連れてくるよ」

すると、美琴は目をうっすらと開いた。

「忘れられてるのが怖い。多分、私だけの思い出だから」

美琴の目が焦点を取り戻し、文一を力強くとらえる。

「もし彼に会うことがあったら、凜々しく生きていたって、伝えて」

文一の手を、美琴がぐっと握り返した。

「最後くらい、かっこつけさせてよ」

今度はその手から、すっと力が抜けていく。彼女が再び目を閉じると、右目から耳のほうに一筋の涙がこぼれた。

心変わりしてくれないだろうかと、強く思う。我を忘れたように「会いたい」と曝《さら》け出してくれたら、どんなに楽だろうか。美琴は思い出が共有できないことを恐れているが、それが杞《き》憂《ゆう》に終わると知っている。

そして、もう一つ気がかりなことがあった。美琴がまだ、Ｂ５サイズの封筒をどうするか決めていないのだ。

そのときが、刻々と近づいていた。

第四章

九回裏のマウンドで、ツーアウト走者なしのフルカウントから宮城が投げた最後の球は、一四五キロのストレートだった。平均球速が一四〇キロに満たない宮城の、渾身の一球だ。ゴロを打たせてアウトカウントを稼ぐタイプの宮城が、最後のバッターを強気なピッチングで三振に仕留めたのは、意外とも言える結末だった。

胴上げ投手になった宮城の姿を見たのが本拠地でなかったことは悔やまれたが、その感動は来月の日本シリーズで味わえるだろうと期待を持つことにした。もちろん、プロ野球選手にとって一四三試合の勝者となるリーグ優勝にこそ価値があることは否めない。でも、浜風に吹かれながらの日本一の胴上げも、きっと格別だ。そのシーンを想像しながら、直生はまるで一ファンのように、グラウンドを一周するナインに記者席から拍手を送った。

その夜、進藤ら後輩記者たちがビールかけの取材をしているあいだ、直生は記者席に残って原稿をまとめていた。担当するのは三面記事だ。テーマは言うまでもなく、クローザー宮城峻太朗の覚醒。興奮で、いつもより筆が速くなる。

原稿を書き終え、凝り固まった肩を回しながら球場を出た。ビールかけの取材は無事終わったのだろうかと思い、進藤からメッセージが届いていないか確認しようとスマートフォンを手に取る。すると、思いがけず栞からの着信履歴が表示されていた。

遠征中、彼女が電話をかけてくるのは珍しい。タイガースが優勝して直生が忙しく過ごしていることも、おそらくわかっているだろう。まもなく日付が変わろうとする時間だったが、気になってすぐに折り返した。五回ほどコールが鳴って、栞が「もしもし」と電話に出た。小さな、張りのない声だった。

「遅くなって悪かった。どうした？」

「あ……ごめん、忙しいのに」

「いや、もう終わったから、これからホテル帰って寝るだけ。何かあった？」

栞は今にも消え入りそうな声で、奏が公園のジャングルジムから転落したと言った。頭部に軽い打撲《だぼく》がある程度で脳に異常はなかったが、転落した際に負った傷が思ったより深く、それに加えて奏自身が精神的に不安定で、自宅で治療や看病をするのが難しいと判断された。そのため、小児病棟に数日のあいだ入院することになったという。

「――わかった。詩は？」

「遥ちゃんのところに預かってもらってる」

「そうか。こんなときにいなくてごめん」

いつもなら、直生が「ごめん」と言うと、栞は必ず「大丈夫だよ」「気にしないで。仕事が大変なときなんだから」と言ってくれる。でも、今夜は何も返事がない。

「明日の始発で戻るよ。また連絡する」

すぐにデスクに電話をかけ、事情を説明した。そして、スマートフォンのアプリで翌日の始発の新幹線を予約した。

ホテルで熱いシャワーを浴びるころには、リーグ優勝の余韻《よいん》はすっかり消えていた。数時間の浅い睡眠をとり、疲れた体を引きずるようにして東京駅へと向かう。

少しでも気持ちを落ち着かせようと、改札近くの売店でテイクアウトのコーヒーを買った。一緒にパンやサンドイッチはどうかと店員に薦《すす》められたが、陳列棚を物色しても食欲が湧いてこなくて丁寧に断った。

六時ちょうど発の「のぞみ」に飛び乗り、二人掛けの窓側の席に体を預ける。窓枠に肘をつき、掌で包み込むようにして重い頭を支えた。栞はきっと自分以上に疲れているはずだと言い聞かせながら、静かな車内で発車ベルを待つ。

新幹線が動き出した。ビルの隙間から時折差し込んでくる朝日に目を細める。車窓を流れる景色の移ろいが、普段よりも遅く感じる。

テーブルに置いたままにしていたコーヒーを、ゆっくりと啜った。熱海のトンネルを過ぎても、カップはまだ温かい。やがて、車内の電光掲示板に「ただいま三島駅を通過。」と表示された。身を乗り出し、窓の外を凝視する。行きの新幹線では原稿を書いていたので、うっかり見逃してしまった。やがて、待ち望んでいた雄大な姿が見えてきた。

山頂にまだ雪はない。空気が澄んでいるようで、裾野に広がる建物までくっきり見えたけれど、山の表情は暗く、無機質だった。直生は目を伏せ、再び背もたれに寄りかかった。

新大阪駅でタクシーに乗ったのは、八時半を回ったところだった。あと二十分ほどで着くと栞にメッセージを送ったが、なかなか既読にならない。朝の渋滞に巻き込まれ、結局病院に着いたのは九時を大幅に過ぎたころだった。

ナースステーションで部屋の番号を尋ね、病室の前に立つ。スライドドアの取っ手が、妙にひんやりとしていた。静かに開け、そっと中を覗く。奏がベッドに横たわっていて、そばの椅子に栞が座っていた。後ろで一つに束ねた髪は乱れ、背中は小さく丸まっていた。

直生の足音がしても、栞は振り向かない。奏はマルちゃんの隣でぐっすり眠っている。栞の隣にあった丸椅子に腰かけ、丸まった背中を撫でた。

「悪い、遅くなった。栞、ずっとここに?」

憔悴《しょうすい》した表情の栞は黙ったまま、こくりと小さく頷いた。

「そばにいなくて、ごめん」

「仕方ないよ。仕事なんだから」

言葉の温度がこれまでと違うと、すぐにわかった。栞は奏を見つめながら、唇をぐっと強く結んでいる。半分ほどしか開いていない彼女の目が、真っ赤に腫れていた。居《い》た堪《たま》れなくなって腰を上げ、栞の背中をもう一度撫でてから一旦病室を出た。

エレベーター前にある談話室に行き、ポケットから小銭を出した。自販機でペットボトル入りの温かいミルクティーを買う。病室に戻ると、栞はさらに思いつめたような表情をしていた。

恐る恐る栞の肩に触れ、ミルクティーを差し出す。

「俺、代わるから。家に戻って少し休んできなよ」

「大丈夫。昨日遅かったんでしょ」

直生を見上げた。

「平気だって。何か食べておいで」

すると、栞は真っ赤な目をわざと見せるかのように、直生を見上げた。

「じゃあ、この子に何かあったとき、対処できるの？」

責めるような視線に言葉が出ず、差し出したミルクティーを引っ込める。栞は、力なく俯いた。そんな言い方をしてしまった自分を、責めているのかもしれない。栞の両手は、ぐっと拳を握っていた。小さな拳だったけれど、強い力が込められているのがわかった。

寄り添っていたい、と思う。でも、家族のために夢を丸ごと忘れなくてはならなかった栞に、好きなことばかりしている自分が、いったい何を言えるのだろうか。

「ごめん。栞も、やりたいことあるのに我慢して――」

ぴん、と空気が張りつめる。栞は再び顔を上げ、直生を睨んだ。

「何を言ってるの？」

そして、勢いよく立ち上がった。椅子の脚が、鈍い音を立てて床をこする。

「今そんなこと言ってる場合じゃないでしょ！」

栞は憤怒《ふんど》を孕んだ目で、直生を正面から追いつめた。奏が目を覚まし、声にならない声を出す。栞が、はっとしたように目を見開く。

一つ短い呼吸をして、栞が言った。

「今日は午前中で学校が終わりだから、詩がもうすぐ帰ってくるの。また遥ちゃんのところにお願いするわけにはいかないから。家に帰って、詩のことやってあげて」

感情をどこかに置き忘れてきたような、平坦な声だった。

「――わかった。ごめん」

直生は後ずさりしながら、少しずつ栞と奏から離れ、そのまま病室を出た。


病院のエントランスを抜けると、夏の残り香のような湿気が体に絡みついてきた。電車で帰る気力は、もう残っていない。タクシー乗り場で次の車を待った。東京に行く前まで鳴いていたツクツクボウシは、もう鳴き声を聞かせてはくれなかった。

タクシーの中はひんやりしていて、一瞬だけ疲れを忘れさせてくれた。栞に受け取ってもらえなかったミルクティーのペットボトルが、手の中で少しずつ温度を失っていく。キャップを捻って、一口だけ飲んでみた。しつこいほどの甘味が舌の奥に染みて、ぼやけた頭に栞のやつれた表情を鮮明に思い出させた。

車窓の外を後方へと流れていく風景は、いつも通りのなんてことのない色をしている。それなのに、これまで自分を支えてくれていたとてつもなく偉大な力が、自分からいとも簡単に去っていくような感覚に陥った。どうにかしなければ――そう思っても、疲弊《ひへい》した脳からは妙案《みようあん》など浮かんでくるはずがなかった。

自宅に到着すると、すでに学校から戻っていた詩がキッチンで昼食の支度をしていた。

「もう帰ってたんだ。何作ってるの？」

「シチューだよ。食べる？」

詩はそう言って、得意げな表情を見せる。

「ああ、ありがとう。ちょうどお腹空いてたんだ」

「じゃあ、ちょっと待ってて」

「手伝おうか？」

「大丈夫。自分でできる」

最近ようやく上手に使えるようになった包丁で、詩は野菜とソーセージを手際よく切っていた。耐熱用の容器に入れ、そこに牛乳とシチューのもとを加えて電子レンジに入れる。火を使わずにレンジでできる簡単レシピを、栞から教わっていたようだ。

「昨日は遥ちゃんとこだったたんだよな。ごめんな、パパいなくて」

詩は少しだけ手を止めて、澄ました顔をしてみせた。

「別に平気だよ。遥ちゃんち、楽しいし」

「そうか」

「遥ちゃんのママって、うちのママよりご飯作るの上手いからね」

「それ、ママに言っちゃダメだよ」

「わかってるよーだ」

詩が笑うと、ピピッと音がして電子レンジが止まった。詩がそれを取り出そうとしたとき、電子鍋つかみをしていないことに気づいた。

「その器、そのままじゃ熱いんじゃないか？」

直生がそう言ったのと同時に、詩は素手で容器に触った。

「熱っ！」

詩の叫びとともに、容器が落ちる。大きな音がして、中のものがすべて床にこぼれた。琹が同じことをよくやる。詩だって、何度もそれを見ていたはずだ。

「大丈夫か？」

直生は慌てて詩に駆け寄った。

「やけど、してない？」

詩の顔を覗き込む。彼女は、こぼれたシチューをぼんやりと見つめていた。

「大丈夫だよ。料理はもういいから、ファミレスでも行こう」

しかし、詩は魂の抜けたような表情のまま、何も言わない。

「そうだ、パパあれ食べたいんだよ。なんだっけ、あの……あ、ガパオライスだ。夏限定だから、もうすぐ終わっちゃうんだ。だから食べにいこう、ね？」

詩の腕を優しく摑んで、励ますように揺らしてみる。

「とりあえず、これ片付けようか」

シンクに手を伸ばし、掛けてあった布巾を手に取る。すると、詩の肩が小さく縦に揺れ始めた。大粒の涙が頰を伝い、彼女の着ていた青いTシャツに落ちて、丸い跡を作っていく。

もう一度、詩の腕を摑んだ。その手に、ぐっと力を込める。

「気にしなくていいよ、詩」

彼女はその場にしゃがみ込み、背中を丸めたまま顔を上げようとしなかった。


その週の土曜日は、本拠地でナイターが行われることになっていた。奏の事情を知っていたデスクが「試合は武内や進藤に任せていいぞ」と言ってくれたので、チームの練習だけ見て帰れるよう段取りを組んだ。仕事のあいだ、詩はまた遥の家で預かってもらうことになった。

正午を回ったところでキッチンに立ち、小さな鍋で二人分のカレーを作る。出来上がったあと、詩の部屋をノックしてドア越しに声をかけた。

「詩、お昼ご飯できたよ」

返事がなかったので、あきらめてキッチンに戻ろうとした。すると、詩がゆっくりとドアを開け、何も言わずに直生のあとをついてきた。

向き合って座り、二人でカレーを食べる。

「どう、ちょっと辛かったかな?」

「大丈夫」

こんなとき、普段は学校であったことを楽しそうに話してくれる詩が、今日は黙って食べている。スプーンが皿を打つ音だけが響いて、いつもより部屋が広く感じる。

「詩、今日の夜パパ帰ってくるから、一緒にナイター観ような」

「うーん、暇だったら」

「何かやることあるの？　宿題は遥ちゃんとやるんでしょ？」

「宿題のほかにやることあるかもしれないし」

最後の一口を食べたスプーンを口に含んだまま、詩はじっとテーブルを見つめていた。

「タイガース、嫌いになっちゃった？」

「そんなこと言ってないじゃん」

食べ終わった皿をキッチンに運び、詩は「支度してくる」と部屋に戻った。

二人で一緒にマンションを出た。手を繋ごうと、直生が詩のほうに手を伸ばす。手を取ってはくれたが、いつものように強く握り返してはこなかった。

「最近、何か面白いユーチューブ観た？」

詩は「うーん」と言って、唇を尖らせる。質問の答えが返ってくる気配はない。

「遥ちゃんとは、いつも何して遊んでるの？」

口を尖らせたまま、詩は直生を横目で見た。

「どうせ言ってもわかんないし」

「わかるように教えてよ」

「えー、めんどくさいもん」

詩は靴の底で地面を蹴りながら言い捨てた。

そのまま何も喋らずに三分ほど歩くと、グレーのガルバリウムが貼られた一軒家の前に到着した。最近建て直したばかりだという遥の自宅だ。

「じゃあね」

詩がすっと、直生から手を離す。

「遥ちゃんのママにご挨拶するから、ちょっと待って」

「いいの。いつも来てるから」

「パパ、まだ一度も会ったことないし」

「いいの！」

詩の口調が急に強くなり、心臓がドクンと跳ねる。一瞬、詩がはっとしたような顔をした。

すると、家の玄関が開いて遥の母親らしき女性が顔を出した。その後ろから、詩と同じくらいの年の女の子が顔を出す。

「詩ちゃん、いらっしゃい」

遥の母親は笑顔でそう言うと、直生のほうに向かって小さく頭を下げた。

「初めまして、月ヶ瀬です。いつも詩がお世話になっています」

「いえいえ、こちらこそ。遥と遊んでもらってうちも助かってます」

「夕方には戻りますので。ご迷惑をおかけしてすみません」

遥は「詩ちゃん、来て」と手招きした。詩は遥に笑顔で駆け寄り、二人は手を取り合った。

その様子を微笑ましく見ていた遥の母親が近づいてきて、小さな声で言う。

「ご迷惑おかけしてなんて言ったら、詩ちゃんが負い目を感じちゃいますよ」

「あ……すみません」

「困ったときはお互い様ですから」

遥が「中に入ろう」と詩を誘った。すると、詩が不意にこちらを振り返った。直生のほうを見てはいなかったけれど、その意識はたしかに父親に向けられていた。

「じゃあパパ行ってくるね」

詩はこちらを見ることなく小さく頷いて、遥の家の中に入っていった。

踵を返し、やや急ぎ足で駅へと向かう。

電車のシートに身を預け、詩のことを思った。そういえば、小さなころの詩はよくぐずる子だった。奏が生まれる前、家族三人で出かけたりすると、どういうわけか機嫌が悪くなって直生や栞を困らせることがあった。最近の詩がしっかりしすぎているせいか、その記憶がすっかり抜け落ちていた。

いつのまにか電車は球場の最寄り駅に到着していた。駅を出てメディアパスを首にかけ、警備員に挨拶して六番ゲートをくぐる。

記者席に鞄を置き、グラウンドに降りた。ちょうどベンチの前で、高埜と進藤が仲良さそうに談笑していた。二人は直生に気づき、軽く頭を下げる。直生は手を上げて応え、バックスクリーンのほうに目を遣った。

表情まではわからないが、グラウンドに座ってストレッチをしている宮城の姿が見えた。詩が恋心を寄せていると知ったときは、可愛らしいなと思いながらも、こんな幼いのにもうそんな感情を抱くのかと正直モヤモヤした。でも、宮城の人柄を知っていたので、少なくとも見る目がある娘に育ってよかったとも思った。

宮城とは、公私ともに数えきれないほどの思い出がある。それなのに、来シーズンからはもう、ここからこんなふうに彼の姿を見届けることはできない。その寂しさを誰とも分かち合うことができず、胸のあたりがじわじわと締めつけられていく。

気がつくと、すぐ近くに進藤が立っていた。彼は「お疲れ様です」と直生を気遣うように柔らかな笑顔を向けた。

「悪いな、今日練習終わったら出るわ」

「はい、デスクから聞いてます。僕たちだけじゃ頼りないかもしれないですけど、こういうときは頼ってください」

あまり深刻にならないように配慮してくれているのだろう、進藤はおどけながら、自分の胸をポンと叩いた。そのとき、進藤のメディアパスのケースに他紙の記者の名刺が入っているのに気づいた。

「おい、人からもらった名刺をケースに入れるなって前も言ったじゃん」

「あ、僕のパス、湿気でヨレヨレになっちゃって汚いから、こうして隠してるんです」

「自分の杜撰《ずさん》さを隠すために他人の個人情報を晒《さら》すなって。そういうとこだよ、お前は」

「ですよねぇ、わかってるんですけど。っていうか直生さんのパスって、なんでこんなにいつまでも綺麗なんですか？」

進藤がそう言って、直生のパスケースを手に取って凝視する。

「ラミネートしてるんだよ。毎年、配布されたときに写真部に頼んでやってもらってる」

「へー。さすが、直生さん几帳面」

感心したように、進藤が目を丸くする。すると、バッティングケージのほうで快音が響いた。高埜が打撃練習を始めたようだ。

「高埜とは、だいぶ打ち解けたみたいだな」

進藤は、まるで旧友を見守るかのような目で高埜のスイングを見つめている。

「直生さんのおかげですよ。この前、食事にも行ってきました。高埜って、マジで信じられないぐらい食いますね。自分の財布だったらやばかったです」

「あはは。だろうな。でも話してみると意外と気さくでいいヤツだろ」

「そうですね。勝手に怖いイメージ持ってました。それにしても、直生さんはみんながとっつきにくいと思ってる選手とすぐ仲良くなれますよね。何かコツでもあるんですか？」

「そんなのあったら俺が聞きたいよ」

「あ、変人同士だから気が合うってやつですか」

「おい、それどういうことだよ」

笑いながら進藤の腕に軽く拳を突きつけたとき、宮城がベンチに向かって歩いてきた。「そこの二人、イチャついてないでちゃんと仕事してくださいよ」と、通りすがりに珍しく声をかけてくる。その様子を見て、球団職員やほかの選手たちがくすくすと笑った。

「そういえば宮城さん、前に言ってましたよ」

ベンチ裏に戻っていく宮城の後ろ姿を見ながら、思い出したように進藤が言う。

「直生さんには、嘘がないって」

「――え？」

「単に同郷だから仲良くしてるわけじゃないって、言ってました」

宮城がアメリカに行ってしまうことが寂しいと、胸が震えるほどに思った。

「あいつ、そんなことまでお前に言うの？　嫉妬しちゃうなぁ」

照れ隠しにそう言うと、進藤は眉をハの字にして破顔《はがん》した。


連休明けの火曜日は、初夏に雨で延期になったカードが組まれていた。

出勤前、家でワイドショーのタイガース特集を見ながら、昼食にパスタを食べる。すると、玄関の扉が開く音がした。直生はテレビを消し、フォークを置いて腰を上げた。

玄関には、大きな荷物を持った栞がいた。その横にはマルちゃんを胸に抱いた奏がぽつんと立っている。頭にはまだガーゼを貼ったままだ。

「今日退院だったんだね。言ってくれれば迎えに行ったのに」

「忙しいかと思って」

そっけなく言って、栞が荷物を持って部屋へと歩いていく。そして、そのあとに奏がついていく。

「パスタ作ったんだけど、食べる？」

「病院の食堂で食べてきちゃったから大丈夫」

栞がバッグの中から奏の衣類やタオルを取り出し、両手で抱えて洗面所に運んでいく。「やろうか？」と直生が手を差し伸べても、栞は「いい」と拒んだ。

病室で言ったことが、今でも引っかかっているのだ。いや、それだけじゃない。今までの積み重ねだろう。これまでどんなときでもすぐに返事が来ていたＬＩＮＥは、あれ以来反応が鈍くなった。朝いちばんで奏の容体を訪ねても、その返信が来るのは夜だった。

ダイニングに戻り、残りのパスタを急いで食べる。タイガースの練習に間に合うように、なるべく早く家を出なければならない。

栞がキッチンにやってきて、慌ただしく棚からコーンフレークの箱を取り出す。すると、栞の手から箱が滑り落ち、中のコーンフレークが床に散らばった。栞は大きなため息をついて、落ちたものを手でかき集め、ゴミ箱に捨てた。

「新しいの買ってあるよ。下の棚に入ってる」

「……ありがとう」

栞は下の棚から新しいコーンフレークの箱を取り出し、パッケージを開けた。

パスタを食べ終え、シンクに持っていって皿を洗う。牛乳でコーンフレークを柔らかくしている栞の隣に立った。彼女のそばにいてこんなに緊張したのは、付き合い始めたころ以来だ。とはいえ、あのときはもっと違う種類の、淡くて甘い緊張感だった。

「じゃあ俺、出るね」

「うん、わかった」

「今日も遅いけど、ごめん」

「わかってる」

栞はコーンフレークの器を持って、先に部屋を出ていった。

玄関を開けると、建物の隙間から見えた空がどんよりとしていた。灰色の雲が、今にも雨を降らせそうだ。一旦部屋に戻り、雨で試合が中止になれば早く帰れるかなぁと思いながら、折りたたみ傘を鞄に入れる。

降下するエレベーターの中で、奏に障害があるとわかってからの日々を反芻《はんすう》した。栞の思いつめた表情がいくつもフラッシュバックする。笑顔だけが、どうしても浮かんでこない。病院で見た栞の乱れた髪と、真っ赤に腫れた目がまた思い出される。

マンションのエントランスを出た。やはり雲は低く、空一面が霞んでいる。まるで自分の気持ちがそのまま空に映し出されているみたいだ。

どうしてあのとき、あんな的外れなことを言ってしまったのだろう——。

歩きながら、自分の失言を悔やんだ。心身ともに傷ついた奏が眠っている病室で、あんなに穏やかな性格の栞に、怒号を上げさせてしまった。

駅舎の屋根が見えたところで、右の頬にぽつりと雨が落ちてきた。額に、今度は頭のてっぺんに冷たい雨粒を感じる。駅まで走ろうとしたとき、ＬＩＮＥの着信音が鳴った。走るのをあきらめ、折りたたみ傘を鞄から出す。広げた途端、雨が傘を叩くリズムが早くなっていく。

小さな傘の下で、ポケットからスマートフォンを取り出した。

《ごめんね》

画面には、一言だけ表示されていた。栞からだった。

急に声が聴きたくなって、衝動的に電話をかけた。しかし、コールが何度鳴っても彼女は出なかった。


十月に入って最初の火曜日、宮城から電話がかかってきた。タイガースの練習の取材を終えて会社に戻り、急ぎの事務作業をしているときだった。

「これから桐生《きりゆう》さんの店に行くんですけど、一緒に行きませんか？」

桐生というのは、三年前に引退したタイガースのＯＢだ。直生がチームの番記者になったばかりのころ、同じ大学の出身だということで、よく気にかけてくれた。現役時代は頻繁に食事をともにしていたが、引退してからはすっかり疎遠になっている。店をオープンしたと聞いて祝い花は贈ったものの、なかなか顔を出すことができずにいた。

「そっか、行きたいけどなぁ――」

栞の顔が、真っ先に頭に浮かぶ。

編集部の時計は七時半を過ぎたところだった。クライマックスシリーズが始まる前のこの期間は、なるべく早く家に帰っておきたい。

「僕の敏腕エージェントも一緒ですよ」

そう聞いて、行く理由がもう一つできたと思った。この前はラウンジ蔦で十五分ほど話しただけだったので、もう少し文一と話をしてみたかった。

「わかった。これからすぐに向かうよ」

電話を切って、ＬＩＮＥアプリを起動する。

《これから宮城と桐生さんのお店に顔を出してきます》

近々桐生の店に行きたいという話は、以前栞にしたことがあった。栞も、「お世話になった人だから、早めに行ったほうがいいよ」と言ってくれていた。

メッセージは、すぐに既読になった。返信が来るかどうか、緊張しながら画面を見つめる。すると、「ＯＫ！」と書かれたキャラクターのスタンプが送られてきた。

《ありがとう。奏はどう？》

何かを確かめるような気持ちで、もう一度メッセージを送ってみる。すると、また同じスタンプが送られてきた。

《なるべく早く帰るようにする》

今度は既読になったまま、返信はなかった。

オフィスビルを出ると、思いのほか風が冷気を帯びていた。昼間は上着がいらなかったのに、夜になるとだいぶ肌寒い。捲し上げていた袖を手首まで下げ、歩きながらボタンを留める。駅前のショップのショーウィンドウにハロウィンの装飾が施されていて、その前でふと足を止めた。

昨年はタイガースがクライマックスシリーズで早々に敗退したので、ちょうどハロウィンの日に休みがとれた。アリエルのコスチュームを纏った詩が、外に出た途端に寒いと肩を震わせて、直生の大きなジャケットを抱きかかえるように羽織った。「それじゃ、せっかくのドレスが見えないよ」と言ったら、「パパは私に風邪を引かせたいの？」と叱られた。

大人の一年は瞬く間に過ぎるけれど、子供にとってはそうではない。一秒一秒が、もっと丁寧に、確実に心の奥に刻まれていく。詩の思い出の中にある一つ一つの瞬間に、自分はどれだけ存在するのだろうかと、急に不安になる。

ショーウィンドウの隅に、数字のオブジェが飾られているのが見えた。家にあるものよりも少し小さいサイズで、木製でもない。でも、来年の七月にはここで少し早めに「9」のオブジェを買っておこうと直生は思った。

十月も下旬に差し掛かった日曜日、最終戦までもつれたクライマックスシリーズが終わった。

タイガースはなんとか逃げ勝ち、今週末から日本シリーズという大一番が始まろうとしている。ずっと取材してきたチームが、ついに日本シリーズに出場する。ずいぶん長いあいだ心待ちにしていたことなのに、会社のエントランスを通り抜ける足どりは軽やかさを失っていた。あれから、家はずっとあの状態のままだ。

エレベーターホールのほうへと歩き、今日もいつもの場所で立ち止まる。

——おはよう。

富士山は相変わらず力強く鎮座して、こちらをじっと見つめている。でも、新たな一日を清々しく始められるような気分には、到底なれなかった。

それでもなんとか自分を奮い立たせ、編集部へと向かう。

会議用の机に荷物を置き、立ったままパソコンを開いた。評論家に頼まれていた資料を出力したら、チームの練習を見に行くためにすぐ球場に向かうつもりだ。さっさと終わらせようと、雑にキーを叩く。

すると、誰かが直生の背中に生温かい手を乗せてきた。振り向くと、眞鍋が意味深な笑みを浮かべている。

「お疲れさん」

彼の担当球団はクライマックスシリーズで敗れ、日本シリーズのあいだはゆっくりできるらしい。その笑みには余裕が溢れていた。

「お疲れ。暇そうでいいな」

皮肉混じりにそう言ってパソコンのほうに向き直り、再びキーを連打する。

「明日の選球眼、お前やろ」

眞鍋は直生のパソコン画面を覗き込むようにして言った。

「ああ、そうだけど」

「宮城のこと書いたん？」

「まぁ、うん。もう入稿したけど」

今回ばかりは宮城のことを書かないわけにはいかなかった。優勝の立役者であり、日本一のキーパーソンになるであろう男。読者が彼に関する記事を期待していることは、直生もわかっていた。

「また嫉妬されんようにな」

眞鍋が直生の肩をポンと叩き、去っていく。そばで見ていた進藤が苦笑いしながらやってきて、顔を近づけてきた。

「あの人がいちばん直生さんに嫉妬してるんじゃないですかね」

「だとしても、俺は別に気にしないよ」

「まぁ、そうですよね。あ、そういえば選球眼の原稿、一足先に読ませてもらっちゃいました。宮城さんって、メジャーに行くんですか？」

「え、どうして？」

手を止めて、思わず進藤を見た。

「なんとなく。原稿を読んだときにそう感じたんで」

「どのあたりに？」

「いや、なんとなくですよ」

宮城のメジャー行きは、現時点で家族以外では文一と直生しか知らない事実だ。もちろん原稿でもまったく触れていない。

「そんなニュアンス、あったか？」

「あ、いえ。多分僕の早とちりです。宮城さんがメジャーに行ったら面白いなって、個人的に思ってたんで」

進藤が去ったあと、直生はファイルをクリックし、入稿済みの原稿を開いた。

自分は宮城が石橋を叩いて渡るタイプの人間だと思っていたが、意外とチャレンジ精神が旺盛で、何事にも思い切って挑んでいく選手だ、といった内容だ。リーグ優勝時の最後の一球を例に挙げ、「だからこそ結果的に抑え投手に向いていた」という趣旨でまとめている。たったそれだけのことだ。深夜までなら修正できるが、何も問題はないはずだと思っていた。


翌日もチームの練習を見に行くため、午前中に家を出た。スマートフォンを持つ手が固まったのは、球場に向かっていた電車の中でのことだった。

直生が書いた選球眼の記事のコメント欄で、宮城がメジャーリーグに移籍するのではないかという憶測が広がっていたのだ。その憶測はすでに一人歩きし、ウェブニュースで記事化までされていた。

さらにSNSを開くと、宮城のメジャー行きが確定した事実であるかのように語られていた。

《ずっとタイガースにいるんじゃなかったんだ》

《なんか裏切られた気分！》

《日本シリーズ前にそんな宣言するなんて》

スクロールするたびに、辛辣な書き込みが目に留まった。まるで宮城が自ら表明したかのように捉えている人もいた。

チームの熱心なファンの中には、宮城と直生が同郷であり、選手と記者という関係を超えた仲であることを知っている人もたくさんいる。宮城が活躍するようになってからは、キャンプ地やファーム球場で「宮城の特ダネ期待してるで！」「支えてやってや！」とファンが直生に声をかけてくることもあった。その直生が、「今後宮城がどんな環境で投げることになっても、今シーズンの活躍が必ず糧になる」と記事を結んだことが火種となった。「宮城と家族ぐるみの付き合いをしている記者がそう書くのだから、つまりそれはアメリカに行くことを意味する」と解釈された。

「環境」とは、中継ぎから抑え投手に転向したことを受けての言葉のチョイスだった。しかし、宮城が海外ＦＡ権を行使するかどうかに注目していた一部のファンは、それをアメリカと捉えたのだろう。誤解を招かないよう配慮するのであれば、「立場」という言葉を使うべきだった。

いや、もしかしたら、宮城がアメリカに行くという事実を知っている自分が、潜在的に彼のメジャー行きを匂わせてしまったのかもしれない。マスコミの中で自分だけがそれを知っているという優越感が、無意識に自分にそうさせてしまった可能性もある。そんな驕りが、大きなしっぺ返しをしてきたのだ。

球場の最寄り駅に到着し、改札を出るや否やメディアパスを首にかけた。六番ゲートの警備員に小さく会釈して、記者席に寄らずそのままグラウンドに降りていく。練習はすでに始まっていて、その様子を見守っていた記者たちが一斉に直生のほうを見た。

鼓動が次第に速くなっていく。慣れ親しんだ場所のはずなのに、とてつもなく居心地が悪い。浜風が一段と強く感じられるのは、誰もそばにいないせいだろうか。

すると、球団広報の吾妻渉《あずまわたる》が目を伏せながら近づいてきた。

「月ヶ瀬さん、すみません。あの記事のことなんですけど」

「申し訳ない。そんなつもりはなかったんだ」

「それはもちろんわかってます。宮城とは話しました？」

「いや、まだ――」

わかっていると理解を示しながらも、吾妻の表情は困惑で歪んでいた。直生はバックスクリーンのほうに目を遣り、いつもと変わらず淡々と調整する宮城を見つめた。

練習が終わり、ブルペン陣がベンチのほうに向かって歩いてくる。案の定、宮城は記者たちに囲まれたが、足を止めることはなかった。

「メジャー挑戦という記事が出ていますが」

記者の一人が、歩きながら宮城に声をかける。

「今は日本シリーズに集中するだけです」

そっけなく言って去っていくとき、宮城がちらりとこちらを見たような気がした。今まで見せたことがない、冷ややかな目——直生は宮城と言葉を交わすことのないままグラウンドをあとにした。

記者席の三列目に座り、パソコンを開く。あとから球場にやってきた進藤が、Ｌサイズのコンビニコーヒーと個包装された大きめのバナナを直生の前にそっと置いた。

「直生さんセットです、どうぞ」

「悪いな。ありがとう」

進藤もこの騒動のことはすでに知っているはずだ。少々ガサツなところもあるが、優しい奴だなとつくづく思う。

コーヒーを一口飲み、ジャケットを脱いでパソコンに向かった。しかし、何も書く気が起きなかった。

「信頼を失うのは一瞬だな」

ため息交じりに呟くと、一つ前の席に座った進藤の首がぴくりと動いた。

「どんなに時間をかけて積み上げてきても、ほんの小さなミスでちょっと突いてしまえば、築き上げてきたものは面白いほど簡単に崩れる。お前も気をつけろよ」

自嘲《じちょう》気味に笑って、なんとか記事を書こうと新しいファイルを開く。

「宮城さんのことを書くとき、直生さんは広報に必ず確認をとっていましたよね」

進藤が、こちらを振り返って尋ねる。

「ああ。でも、広報っていちいち選手一人一人に確認しないだろ。だから宮城にはいつも直接原稿を送ってたんだ。こういう形で出すけどいいかなって」

「え、そんなことまでしてたんですか？」

「うん。でも、今回は送らなかった」

記者の選ぶ言葉の一つ一つにも敏感な宮城は、直生のその丁寧な対応に信頼を寄せていた。しかし、なぜか今回はそれをしなかった。宮城のことだから自分の書くことならなんでも許してくれるはずだと、無意識に高を括っていたのかもしれない。

「大丈夫ですよ。宮城さんと直生さんの関係がそんな簡単に崩れるはずないです」

進藤は、直生を見上げながら言った。

「もういいよ。どうなっても仕方ない」

投げやりに言うと、進藤は背を向けてわざと聞こえるように独り言《ご》ちた。

「直生さんって、落ち込むとちょっとめんどくさいタイプなんだ」

めんどくさい――そう言って、靴の底で地面を蹴った詩の姿を思い出した。可愛い後輩にも同じことを言われて、胸がチクリと疼く。

すると、進藤が姿勢を正し、声を張って言った。

「もっとかっこよくいてほしいです、直生さんには」

宮城と直接話す機会がないまま、日本シリーズが始まった。

クライマックスシリーズ同様、試合は毎回のようにシーソーゲームで、三勝三敗で第七戦までもつれ込んだ。日本シリーズがもつれればもつれるほどファンのボルテージは上がり、メジャー移籍疑惑が浮上した宮城への注目度は先発ピッチャーたちへのそれを超えていった。ファンの多くは、それでも宮城の活躍を期待した。しかし、第七戦の宮城は顔色があまりよくなかった。

前日の第六戦は八回、九回の回跨《かいまた》ぎとなり、ファウルでかなり粘られたために球数が多くなってしまった。しかし、そんなことでバテるほど宮城は柔ではない。普段から彼のコンディショニングを見ていれば、絶対に大丈夫だと確信を持てた。

ところが第七戦で九回表のマウンドに立った宮城は、そこまで気温も高くないはずなのに、こめかみにうっすらと汗を浮かばせていたのだ。準備投球の時点で呼吸もやや上がっているように見えた。

スコアは二対二の同点。一人目の打者をファーストゴロに打ち取ったあと、二人目の打者をフォアボールで出塁させてしまう。ワンアウト一塁。ここから宮城の調子がおかしくなる。

三人目は送りバントをしたが、ピッチャー方向に転がった打球を処理した宮城が二塁に悪送球してしまい、セカンドが球を取り損ねてセンター前に後逸《こういつ》させた。いつもなら手堅く一塁に送球するのに、宮城らしくないプレーだった。

一塁ランナーは三塁まで走り、ワンアウト一、三塁のピンチを迎えたところでバッターボックスには今年の本塁打王が立っていた。しかし、このバッターの過去の対宮城の打率は二割弱で、データだけを見れば宮城のほうが有利だった。ここをダブルプレーに抑え、いい流れで九回裏に繋ぎたいところだった。

しかし、二ボール一ストライクからの四球目、宮城の球が甘く入ったところを捉えられる。打球はフェンスぎりぎりまで飛び、あわやホームランとなるところだったが、結果的には大きなライトフライになった。

ただ、三塁ランナーがタッチアップしてホームベースを踏むにはじゅうぶんな余裕があった。一点のリードを与えた宮城はその後も精彩を欠き、二アウトまで追い詰めながらも二安打を浴びる。最後の打者こそ三振に打ち取ったものの、その回で二点を与えてしまった。これが、チームの日本シリーズ敗退を決定づけた。

第七戦が終わった数日後、宮城は球団広報を通じて海外FA権の行使とメジャーリーグ挑戦を正式に表明した。SNSでは「アメリカ逃亡移籍」がトレンド入りし、宮城は日本シリーズの戦犯などと言われメディアでとことん叩かれた。一部で「日本シリーズまで行けたのは宮城のおかげなのに」という擁護《ようご》の声もあったが、日本一への期待も高かっただけに、批判の声はそう簡単には収まらなかった。

「戦犯とか言われても特に気にしません。この程度でメンタルが落ちていたらアメリカなんか行けないです」

海外FA権行使にあたり、宮城は他紙の記者にそんなことを言い放った。それがそのまま宮城のコメントとして紙面に載り、日本シリーズの敗退を引きずっていたファンの心情を逆なでした。宮城はそんなやつだったのかと、これまで彼を支持してきたファンが一気に敵に回ったかのようだった。

ひっそりと静まり返ったオフィスビルのロビーで、直生はソファの背もたれに体を預けていた。スマートフォンの画面にはファンの心無い書き込みがこれでもかというほど並んでいて、直生の目はそれらを読むでもなく、ただぼんやりと追っていた。もはやどんな批判もまったく刺さらなくなるほど、心が硬直し切っていた。

ふと顔を上げると、大きな窓から差し込む日の光はだいぶ角度を落としていて、まもなく消え入るところだった。視線を、窓とは反対側へと移す。そこには、いつものようにエネルギーを蓄えた赤い富士山があった。願うように見つめてみたが、今はこの写真にすら見放されているような気がした。

すると、手の中のスマートフォンが振動した。宮城からの着信だった。深呼吸してから、緑の通話ボタンを押す。

「もしもし、直生さん?」

「ああ……お疲れ」

「何なんですか、その辛気《しんき》臭《くさ》い声」

「あ、いや……」

「腹減ったんですけど、三宮に牛タン食いに行きません？」

いつものぶっきらぼうな口調で、宮城が言った。それだけで鼻の奥が熱くなる。

「宮城、いろいろごめん。俺、本当に申し訳なくて――」

手で口元を覆い、息が激しくなっていくのを必死で隠した。

「話は会ってから。『杉山』で予約してあるんで、奢《おご》られる気満々で待ってます」

涙がこぼれる前に電話を切った。すぐに駅へと走り、三宮行きの電車に飛び乗った。


「ホントにあいつら、俺に風邪移すなんて信じられないでしょ？」

暖簾《のれん》のかかった半個室のテーブル席で、直生と宮城は鉄板が熱くなるのを待っていた。宮城はシーズンオフにだけ嗜《たしな》むビールを飲んでいる。

日本シリーズが始まったタイミングで、宮城の長男である優斗が風邪を引いて寝込んだのだそうだ。移らないように細心の注意を払っていたが、やがて妻の優香もダウンしてしまい、宮城が次男の颯斗の面倒を見ていたという。

そのうち颯斗も風邪気味になり、優香の母親が大阪まで来て子供たちの看病をしてくれて、宮城は第六戦まではなんとか持ちこたえた。しかし、その日の回跨ぎの疲労もあってか、第七戦は体調を誤魔化しながらの登板だったと打ち明けた。

「この話も絶対内緒にしといてくださいよ。うちの家族が叩かれるから。まぁ、打たれたのを風邪のせいにするなって俺が叩かれるか」

苦笑いした宮城がトングを摑み、鉄板の上に桃色の牛タンを二枚寝かせる。

「ありがとう、宮城」

直生は座ったまま、宮城に頭を下げた。

「は？　なんのありがとう？」

とぼけたように鼻で笑って、宮城は色が変わっていく牛タンをひっくり返した。

すると、店の奥にあるカウンター席のほうから、甲高い笑い声が聞こえてきた。宮城は「あっ」と言って腰を浮かせる。

「ちょっと挨拶してくるんで、これお願いします」

宮城は直生にトングを渡し、そそくさと席を立った。

暖簾を少しだけ上げて、外を覗く。この近くに住んでいる元メジャーリーガーが、カウンター席の端に座って店の人たちと談笑していた。これから宮城が挑戦する大舞台で、殿堂入りまで果たした偉大なバッターだ。宮城は彼に敬意を込めて会釈し、二言三言、言葉を交わして握手した。そして、最後に再び深く頭を下げた。

戻ってきた宮城は興奮を抑えられない様子で、珍しく口角が上がっていた。

「あっ、焦げてるじゃないですか、もう！」

そう言ってトングを直生から奪い取り、牛タンを一枚ずつ皿にのせる。そして再びビールを飲み、直生の目を見ずに言った。

「俺の手記、書いてくださいよ。ここで全部喋るから」

「え、今から？」

「レコーダー持ってるでしょ」

「持ってるけど」

「今じゃなきゃ喋んない。気が変わらないうちに、早くレコーダー出してください」

「わかった」

突然の提案に戸惑いながらも、鞄の内ポケットに入れてあったＩＣレコーダーを取り出し、カバーを外して電源を入れる。

しかし、録音ボタンを押した途端、宮城はビールのグラスを持ったまま黙り込んだ。

「宮城？」

大きく息を吐いてから、宮城は遠くを見るような目をして語り始めた。

「――多分、直生さんもそうだったと思うけど。みんな俺がメジャーに行きたいなんて言い出すと思わなかったでしょ」

「うん。それは、そうだと思う」

「俺もですよ」

そう言って、今度は少しはにかんでみせた。メジャーに挑戦することに、まだ実感が湧いていないような微笑みだった。

「ちょっと前まで、俺だって自分がメジャーに行くなんて想像したこともなかったし、海外で暮らすこと自体、考えたことがなかった。でも、考えが変わるきっかけがいくつかあって。一つは、二年前にジャパンのユニフォームを着たこと。海外の選手との対戦はやっぱり興奮したんです」

直生は黙ったまま小さく頷いた。国際大会の決勝で宮城が中継ぎ投手として好投し、試合の流れを大きく変えたことは、日本の野球ファンの記憶に深く刻まれているはずだ。あのときの確信を持ったような宮城の目を、直生もよく覚えている。

「まぁ、それはメジャー移籍の動機づけとしてはよくある話ですよね。でも理由はもう一つあって。それは、息子のことなんです。上の子のほうね。直生さんも知っている通り、うちの長男は――あ、これ、公には初めて話すんですけど、ちゃんと嫁にも本人にも許可とったから話しますけど、嫁の連れ子で」

宮城から初めて優香を紹介されたときのことを思い出した。優香は宮城の横に並ぶのではなく、斜め後ろに立って遠慮がちに直生に会釈した。さらにその後ろには、不安げに直生を見上げる幼い優斗もいた。

「嫁は高校の同級生で、最初は俺と同じクラスだったサッカー部のやつと結婚して。でも、そいつ二十五歳で亡くなって――って、その経緯もちゃんと書いてもらって大丈夫なんで。そのとき、優斗はまだ三歳だったかな。そのあと俺と優香が結婚して、颯斗が生まれて。あ、子どもたちの名前は一応伏せといてもらえますか」

「ああ、もちろん」

「で、優香と優斗は、俺と結婚してこっちに引っ越してきたんですけど、なんか、優斗が学校でいろいろ大変みたいで。俺たちは大人になってからこっちに来たからまぁなんとかなったけど、文化が違う土地に来ると、小学生なんかは影響大きいと思うんですよね。特に静岡から大阪に来ると方言とか結構キツく感じたりしたでしょ、俺らでも」

今でこそ関西の文化を愛してやまない宮城本人も、最初はノリが合わないと悩んでいた。宮城がそれを愚痴るために直生を呼び出したのがきっかけで、二人は仲良くなった。

「まぁ、これは書かないでほしいんですけど、簡単に言うと優斗は不登校なんです。俺も責任を感じているんですけど、どうやって励ましたらいいかわからなくて悩んでて。そんなときに、持田さんからもうすぐ海外FA権取得するね、なんて話があって。まぁ、自分には関係ないかなと思ってたんですけどね」

決断したときのことを思い出しているのか、宮城はしばらくぼんやりと宙を見つめていた。そして、残っていたビールを全部飲み干すと、少しだけ微笑みながら話を続けた。

「ある日ね、トイレでおしっこしようと思ったら、壁に書いてあるわけですよ。『もう一歩前へ』って。別になんでもないことじゃないですか。どこのトイレにも書いてあることでしょ。でも、そのときの自分は、お告げなのかなぁって感じちゃったんです。挑戦してみろよって言われてるのかなって。そしたら、やってみたいなっていう気持ちがどんどん湧いてきちゃって」

一息つくように、宮城は呼び出しボタンを押した。すぐにやってきた店員にウーロン茶を頼み、宮城は再び視線を直生に戻した。

「もちろん迷いましたよ。優斗のそばにいてやったほうがいいのかなとも思ったし、颯斗も生まれたばかりだしね。でも、俺が挑戦する姿を優斗に見せてやるのもいいかなって。絶対活躍してやるっていうよりは——正直、多分ボロボロに打たれると思うんですよ。俺がアメリカに行くのはほぼ負け戦だから。でも、むしろそういう藻掻《もが》く姿をあいつに見せてやるんだっていう思いが湧いてきて。そんな思いもあってアメリカに行くことにしたんです。それって、ダメですかね。俺はファンのために、ファンの期待する通りに、いつまでも今のチームにいなきゃダメなんですかね。自分がこっちだと思う道に進んじゃダメなんですかね」

店員がウーロン茶を運んできた。宮城は受け取ったグラスをテーブルに置くことなく、そのまま口に運んで半分ほど一気に飲んだ。

「我慢することって、愛情表現じゃないって俺は思うんです。自分が自分らしく生きていないと、結局まわりを傷つけるって。現に俺がそうだったもん。優斗がなんか我慢してたり、つらそうにしてたりするの見て、わりと傷ついてますからね。だから、俺がもしここで挑戦をあきらめて我慢したら、家族も、多分応援してくれるファンの人たちも俺を見ていてしんどくなると思うんですよ。直生さんだってそうですよ。やりたいようにやりゃいいんですよ。栞さんに遠慮せずに、独立したいならすればいいじゃないですか。そしたら、栞さんだって好きなようにできるんですよ。なんか、俺の話じゃなくなっちゃったけど……」

宮城は目をほんのりと赤くして、残りのウーロン茶を飲み干した。ころん、と氷がグラスの底に落ちる音が響いた。

「以上です。あとは任せますから、いいようにまとめてください」


駅の改札を出ると、頬を撫でる風が一段と冷たく感じた。家路につく人々の乾いた足音が、すぐそばを通り抜けていく。

メジャー挑戦の背景にあんな思いがあったなんて、まったく知らなかった。ファンのために、ファンに期待される通りに、いつまでも今のチームにいなきゃダメなのか——熱のこもった宮城の言葉が、耳の中で何度も再生される。こんなにそばにいたのに、ずっと近くで見てきたのに、そんな思いに気づきもしなかった。自宅マンションのほうに一歩前へ、一歩前へと進みながら、自分の歩みの小ささに情けなさを覚える。

公園の前に差し掛かったところで、その歩を止めた。照明灯がスポットライトのようにジャングルジムを照らしている。あんな高いところから落ちたのか、怖かっただろうな、と思った。直生も小学生のとき、「地球まわし」とみんなが呼んでいた回転式の丸いジャングルジムから滑り落ちたことがあった。あのとき、起き上がれなかった自分の手を引いて保健室に連れていってくれたのは、二歳上の兄だった。その背中がひときわ大きく見えたことを思い出す。

また一歩前へ、一歩前へと歩みを進める。その一歩がどんなに小さくとも、情けなくとも、家で待つ家族のもとへと歩き続ける。三人の気配を感じながら、記者人生で最高の手記を書かなければと、また宮城のことを思った。

マンションを見上げた。ベランダの柵の向こうにはもう、電気はついていなかった。

エレベーターを降り、玄関に向かう。ドアを開けると、いつものように部屋の中はしんとしていた。手を洗ってうがいをして、鏡の中の自分を見る。ここ数日あまりよく眠れていなかったが、そのわりにはすっきりとした顔をしていた。

リビングの床が、パズルやクッションで散らかっていた。一つずつ拾って、ソファやテーブルの上に置く。ソファの背もたれには、『スマイルズ・アラウンド・ザ・ワールド』とアルファベットで書かれた写真集が立てかけてあった。これはたしか、栞が編集プロダクションにいたころ手掛けた一冊だ。妊娠がわかる少し前に、喜んで表紙を見せてくれたことがあった。

写真集を手に取り、ソファに深く腰かける。ページを捲っていくと、日本、イスラエル、フィリピン、カナダと、さまざまな国の子供たちの笑顔があった。

この写真集を見せてもらったのはかなり前のことだったが、改めてじっくり見てみると、栞は素敵な仕事をしていたんだなと思う。ここに置いてあったということは、栞も何か考えていることがあるのではないか――そんなことを思いながらページを捲ると、施設らしき建物の窓から顔を出して笑っている子供の写真が目に留まった。見出しには、「カンボジア・バタンバン」と書いてある。

顔一面に笑みを浮かべる男の子の歯が、綺麗に揃っていた。直生もよく歯並びが綺麗だねと褒められるが、この子には負けそうだ。きっとこの写真を撮ったカメラマンも、この子の笑顔を見て思わず笑みがこぼれただろう——そう思ってクレジットを見たとき、直生は思わず息をのんだ。

MIKOTO SASAKURA

隣で笑う彼女と、隣で涙を堪える彼女。二つの表情が、同時にふっと思い起こされた。

するとリビングの扉が開く音がして栞が入ってきた。

「おかえり」

「ただいま」

「あ、それ……」

「ごめん。ここに置いてあったから見させてもらってた」

栞はゆっくりと近づいてきて、直生の隣に座った。

「その写真、素敵だよね」

静かに、栞が言う。

「栞、これ撮った人のこと知ってる？」

「え、佐々倉美琴さん？」

「うん。会った？」

「もちろん。一緒に仕事してたから。どうして？」

「俺も知ってるんだ。幼馴染みみたいなもんかな。地元が一緒で」

「え、ホントに？」

栞は目を丸くして、直生とその写真を交互に見た。そして、吐息混じりに呟く。

「そんなことって、あるんだ」

「俺も驚いたよ。二人が繋がってたなんて」

写真にそっと触れながら、栞がふと目を細める。

「実はね。詩を妊娠して戸惑ってたとき、美琴さんが背中を押してくれたの」

微笑みとともに発せられた栞の言葉に、耳を疑った。

「私が迷いなく詩を産めたのは、美琴さんのおかげ」

「——全然、知らなかった」

「仲良かったの？」

「いや、そういうわけでも——」

自分の隣で笑う彼女と、自分の隣で涙を堪える彼女。二つの顔が、再びふっと浮かぶ。

「——そうだね、うん。中学時代は、わりと話すこともあったかな」

「どんな中学生だった？　美琴さんて」

「うーん、あんまり覚えてないけど。なんか、かっこよかった」

「やっぱり。わかる」

壁の時計から、カチカチと秒針の進む音が聴こえてくる。そのリズムに合わせるように、棚の上にある「1」から「8」までのオブジェを視線でなぞっていく。

栞が、肩にそっと頭を預けてきた。彼女が昔から使っているボディクリームの甘い香りが、優しく鼻をかすめる。遠距離恋愛をしていたころ、同じ匂いがする女性がそばを通ると、無性に彼女の顔が見たくなった。

「この一か月半くらい、ホントしんどかったぁ……」

涙声で、栞が呟く。その小さな肩に腕をまわし、髪を包み込むように撫でた。

「病院で俺に怒ってくれてよかった。あれでいい。もう我慢しなくていい。詩もやっと泣いてくれた。それでいい。もうみんな我慢しなくていい。奏がそのきっかけをくれたんだ」

「うん、そうかもしれない」

宮城の言葉を反芻する。我慢することが、愛情表現ではない。

栞は直生の胸に顔を埋め、心音に耳を傾けていた。着ていたシャツに涙が滲んでくるのを感じた。

「みんなが我慢しなくていい方法を、ちょっとずつ探していこう」

直生が言うと、「そうだね」という言葉とともに、栞の吐息が胸にかかった。その温度で、栞が微笑んでいるのがわかった。

カンボジアの男の子の笑顔を見ながら、改めて美琴を思う。すると栞が顔を上げ、弾むような声で言った。

「ねぇ、今度美琴さんに会いに行ってみない？　美琴さんは私の旦那さんがパパだってこと知らないから、びっくりさせちゃおうよ」

「でも、今ニューヨークにいるって聞いたよ」

「この写真集が出たころはニューヨークにいたけど、今はもう日本に戻ってるはずだよ」

「ホントに？　じゃあ、持田さんにもう一度聞いてみるよ」

直生は待ちきれずにスマートフォンを取り出し、メッセージを打ち始めた。


十一月二週目のある日、直生は宮城の運転する車の助手席に座って、流れゆく窓の景色を眺めていた。あのドラマチックなリーグ優勝も、惜敗した日本シリーズも、すでに過去のことだと色づいた木々の葉が諭してくれているようだった。

三十分ほど経つと、車は淡い桃色をした建物の前に停まった。直生は初めてだが、宮城はすでに何度かこの障害福祉サービス事業所を訪れている。

建物の一階の左半分は硝子ばりになっていて、それがベーカリーであることを知らせる白鳥をモチーフにした看板が手前に立っていた。宮城によれば、施設利用者たちが製造したパンや焼き菓子が販売されているという。

玄関からジャンパーを着た職員らしき人が二人、姿を現した。直生と宮城は車を降りて会釈する。

「宮城さん、ようこそいらっしゃいました。優勝おめでとうございます」

「ありがとうございます。今回はゲンニチの月ヶ瀬さんも一緒です。こちら、施設長の山崎《やまさき》さんと、職員の横田《よこた》さん」

直生は名刺を渡し、今回の訪問の取材を快諾してくれた礼を伝えた。

「とんでもない。我々の取り組みをたくさんの人に知ってもらえたら、そんな有難いことはありませんから。さぁ、どうぞ」

玄関で靴を脱ぎ、緑色のスリッパに履き替える。廊下を挟んで左右にある作業所では、数名の施設利用者たちが菓子用の箱折り作業をしたり、宅配業者のチラシの折り込み作業をしたりと忙しそうにしていた。

「うちでは、就労を希望していて、雇用されることが見込める知的障害者に向けて就労移行支援を行っているんです。朝九時から夕方四時まで、ここで就労のための知識を習得したり、訓練を受けたりしています」

メモを取りながら、山崎の話に耳を傾ける。奥の作業所に行くと、そこでもまた数名の施設利用者が野球のボールの縫合《ほうごう》を黙々と行っていた。

「これは全国の高校や大学の野球部から預かった、破損した硬式球なんですよ。それを彼らが修繕して、修繕が終わったら学校に返却されて部活動で再利用されたり、記念ボールとして販売されたりしています。そのとき発生する修繕費や売上げが彼らの工賃になっているんです」

宮城は昨年のシーズンオフから、施設利用者の就労支援を目的にこのボールを定期的に購入し、大阪の学童野球連盟に寄贈している。直生はファンに少しでもこの活動を知ってもらおうと、今回は記事を書くために同行した。支援のきっかけが奏の存在だったことはそばで見ていればわかったが、宮城は明確にそれを直生に伝えてはいなかった。

「宮城さん、ちょっと縫ってみます？　まだやったことなかったでしょ」

山崎は宮城に椅子に座るよう促し、施設利用者から縫合途中の硬式球と赤い糸のついた針を受け取って宮城に渡した。

「え、どうやるんですか？」

施設利用者が宮城の隣に座り、丁寧に縫合方法を説明する。

「ボールの革ってこんなに硬いんだ。これ、一球作るのにどのくらいかかるんでしたっけ？」

「だいたい一時間です」

施設利用者が答える。

「一球で一〇八針って言ってましたよね。それを一時間でやるんですか？　こんなに硬いのに」

宮城は顔を赤くしながらなんとか一針縫ってみたが、手こずって三分ほどかかってしまった。

「僕、縫うのは向いてないですね。投げる専門なんで」

苦笑した宮城が硬式球と針を返すと、受け取った施設利用者と山崎が豪快に笑った。

記念撮影やサインの対応を一通り終えると、山崎は直生と宮城を応接室に案内した。横田がやってきて、温かいお茶を出してくれた。

「宮城さん、来年からメジャーリーグに行かれるんですね。挑戦、心から応援します」

力強い口調で、山崎は言った。そして、今度は直生のほうを向いた。

「あの手記を書かれたのは、月ヶ瀬さんでしたよね。先ほどお名刺をいただいて、すぐに思い出しました。あの記事には勇気をもらえましたよ。心に響きました」

山崎は東京出身で、この事業所に勤める前は直生とは別の大手新聞社で記者をしていたという。社会部だったそうだが、記者の苦労を知る元同業者に記事を褒められて、余計に嬉しさを覚えた。

宮城が手記を書いてくれと言った三日後、彼の言葉をできるだけそのままに記事をリリースした。すると、現在メジャーで活躍している日本人投手が、《愛する存在のために挑戦しようとする人を叩く権利が、誰にあるというのか。宮城、待ってるぞ！》というコメントとともに、三百万人ほどのフォロワーに記事を拡散してくれた。

ファンからは《宮城投手、そんな思いがあったのですね》《最高にかっこいい俺たちのクローザー宮城》《アメリカにも応援に行くよ》という投稿が相次ぎ、宮城の挑戦を支持するムードが少しずつ広がっていった。

「月ヶ瀬さん、下のお子さんとおっしゃっていましたね。どんなご様子ですか？」

「ええ、まぁ、いろいろありますね。一言では伝え切れないくらい」

「上の娘さんは大丈夫です？」

「ああ、そっちもいろいろありますね。僕が勝手にしっかりしているお姉ちゃんと決めつけてしまって、彼女が甘えることを許していなかったと反省しているところです」

「そうですか。障害を持つきょうだいがいる子は、無意識のうちにいろんなことを我慢してしまいますからね」

「ほんとうは彼女がずっと耐えてたこと、わかってたんですけど。でも、何もできなくて」

「いえいえ、お父さんがそれに気づけたならよかった。一歩前進ですよ。そんなに自分を責めないでください」

山崎に電話で取材の可否を問い合わせたとき、直生は自分の境遇についてさわりだけ話した。すると、山崎も自分の息子が自閉スペクトラム症だと教えてくれた。この訪問の主たる目的は取材だったが、山崎の話を聞くことも楽しみにしていた。

「息子はもう二十歳を超えているんですけどね。うちの家族は結局、あの子に支えられてきたんだなって。プールで大きいほうを漏らしちゃったり、飛行機の中でパニック起こしたり、それりゃもう数えきれないほど大変な思いはしましたけど。でも、あの子は仕事人間だった私を振り向かせて、新しい世界を見せてくれたんだと今は感じてます」

山崎は湯呑みを持ったまま、飲むことをすっかり忘れて話を続けた。

「どんな親だって子供が幸せになることを望んでいますけど、勉強ができるとか、友達がたくさんいるとか、子供の幸せってこういうものだっていう既定路線みたいなものがあって、その通りに行かないとなぜか親って勝手に落ち込みますよね。私もそうでした。障害があろうがなかろうが、そんな都合よくいくわけないのにね。親に落ち込まれた子供も、たまったもんじゃない。その子にはその子の美しさがあるのに」

自嘲気味に笑って、山崎はようやくお茶を啜った。それに合わせて、直生も湯呑みに口をつけた。

「特別な子であってほしいと願うくせに、いざ普通じゃないとなると、急に普通であることにすがるんですよね、誰しも。でも、ここにいると、普通とか、人と同じであることとか、本当にどうでもよく思えてくるんです。みんなそれぞれの物差しで、楽しく過ごしていますから」

窓の向こうから、大人たちの笑い声が聞こえてきた。外を見ると、施設利用者と職員が宮城にもらった新品のグローブでキャッチボールをしていた。不器用な下手投げで、空高くボールを放っている。

「まぁでも、小さいころはいろんなことがあるし、何か心配なことがあったら、いつでも話しに来てください」

山崎はそう言って白髪交じりの髪をかき上げた。隣で聞いていた宮城は、静かに湯呑みを傾けていた。


帰りの車の中で、直生は山崎の言葉を反芻していた。

いざ普通じゃないとなると、急に普通であることにすがる――たしかにそうだ、と思った。

柔らかくなったコーンフレークを口に含んで、ペッと吐き出す奏の姿が頭に浮かんだ。その姿がまた見たいなと思ったら、自然と頰が緩んだ。

ふと運転席のほうを見ると、宮城がちらちらと直生の表情を窺っていた。

「え、何？」

「いや、別に」

照れ臭そうに、宮城が笑う。

「お前にそんなふうに見つめられても、全然嬉しくないんだけど」

「別に見つめてないんで、安心してください」

「なんだよ、それ。見つめろよ」

「あの、早くフリーになって、アメリカに取材に来てください。以上です」

「そう急かすなって」

その会話をどう続けたらいいのかわからず、逃げるように視線を窓の外に投げた。歩道で、奏と同じくらいの年の子供たちが親らしき大人に手を引かれて歩いている。風が冷たいのだろうか、みんなマフラーやコートの襟をぎゅっと握っていた。

「まぁ、なかなか今すぐってわけにはいかないでしょうけど」

信号待ちで、車が停まった。宮城は前をまっすぐ見たまま、続ける。

「とりあえずアンテナはそっち側に向けといてください。ちゃんとアンテナが立っている人のところには、そのうち答えのほうから転がってきますから。俺が『もう一歩前へ』って表示を見たときみたいに」

宮城は軽快な口調で言った。その横顔は憑《つ》き物《もの》が落ちたように清々しかった。新天地に行くことを心から楽しみにしているのがわかった。

「そういえば俺、結婚したの栞さんがきっかけだったんですよね」

「え、何それ」

「優香と結婚するの、やっぱり勇気が要ったんですよ。死んだ賢斗に対して責任とれるかなとか、いろいろ考えちゃって。でも、栞さんが奏ちゃんのこと褒めてるの見て、俺、もう結婚するしかないなって」

「どういうこと?」

「奏ちゃんがTシャツを前後ろ間違えないで着られたときだったと思うんですけど、栞さんが偉いね、よく頑張ったねってすごい褒めてて。栞さんに聞いたら、自閉症の子には褒めることが大事だからって言ってたんですけど」

「ああ……」

「俺、それ見て、少年野球で監督に褒められたときのこと思い出して。あのとき、めちゃくちゃ嬉しかったなぁって。監督に褒められるのが嬉しくて野球やってたようなもんですよ。それと同じことを、父親として優斗にやってあげたいなって思ったんです」

宮城はバックミラーに手を添え、少しだけ角度をいじった。

「賢斗って昔からスーパーポジティブな奴だったから、もしあいつが生きてたら多分そうしてたと思うんですよね。それで結婚することにしたんです。だから、うちの家族ができたのは栞さんのおかげなんです」

信号が青になり、宮城がアクセルを踏む。

栞の口から語られた、美琴の話を思い出した。

美琴は、本人も知らぬうちに直生の人生にかけがえのないピースをはめ込んで、幸せのパズルを完成させていた。栞もまた同じように、知らぬ間にそんなピースを宮城のパズルにはめ込んでいたのだ。

「だから、何が言いたいかというとですね――」

宮城は、声のトーンをやや抑えながら続けた。

「月ヶ瀬家も、ほぼ俺の家族だってことです。家族のことは責めないです、俺は」

「え？」

「しかし直生さんマジで落ち込みすぎでしたけどね。励ますのホントめんどくさかったわ」

メジャー移籍疑惑を呼んだ記事のことを言っているのは、すぐにわかった。自分が面倒臭い人間であることも、これだけ指摘されればもうわかっている。くすくすと笑う宮城の隣で、直生は何も言えずに苦笑いを浮かべた。

しばらく沈黙のドライブが続き、やがてシティホテルの白い壁が見えてきた。車はそのまま、地下駐車場へと入っていく。二人で車を降りてエレベーターに乗り、一階のラウンジへと向かった。

ラウンジの奥のソファ席に、スーツ姿の莉生が座っていた。直生に気づき、立ち上がって右手を上げる。そして、宮城に向かって笑顔で小さく会釈した。

「直生さんのお兄さんなら安心です」

挨拶して間もないうちに、宮城が言った。先日、直生の兄がサプリメント会社を経営していると知っていた宮城のほうから、オリジナルサプリの調合をお願いできないかと相談してきた。単身で渡米するにあたって、栄養面に関しては宮城も不安があったようだ。

「夏場にどうしても足がつりやすいんで、マグネシウムとかミネラル系で飲みやすいやつあればお願いしたいんです」

「足がつるなら、グリセリンは試したことありますか。実はサッカー選手にもお薦めしていて――」

直生は、ただ黙って二人の会話を聞いていた。宮城と話す莉生を見て、兄が仕事をしている姿を目にするのはこれが初めてだと気づいた。こんなふうにまっすぐ目を見て話をするんだなと思った。

一時間ほど経ったころ、颯斗をベビーカーに乗せた優香がラウンジの前できょろきょろしているのが見えた。優香の隣には、めかし込んだ優斗の姿もある。今日は宮城夫妻の結婚記念日で、このあと四人でホテルのレストランで食事をするそうだ。

立ち上がり、彼らのもとへ歩いていく。

「ご無沙汰だね、優香ちゃん」

「直生さん、お久しぶりです。いつもお世話になっています」

「こちらこそ。もうすぐ終わるから、あと少しだけ待ってて」

「わざわざすみません。ありがとうございます」

あまり着慣れていないのか、優香は黒いロングスカートの裾を気にしていた。いつもは下ろしている長い髪を、今日はすっきりとアップスタイルにまとめている。

「久しぶりだな、優斗。元気だったか?」

優斗は「うん」と言いながらも心ここにあらずで、ラウンジの奥にいる宮城のほうを見つめている。「ちゃんとご挨拶しなさい」と優香に叱られて、渋々「こんにちは」と直生に言った。

振り返ると、ちょうど打ち合わせを終えた宮城がこちらに向かって歩いてくるところだった。

ラウンジを出てくるや否や、優斗がその右腕に絡みついて甘え出す。

「そっちは商売道具だっていつも言ってるだろ。はい、こっち」

宮城はそう言って、左腕を出した。優斗が宮城の前をくるりと回って、言われた通り左腕に絡みつく。歳のわりには幼いしぐさにも見えたが、まもなくアメリカに渡ってしまう父親との時間が愛おしいのだろう。

彼らの背中が見えなくなるまで見送り、莉生のいる席に戻ってソファに腰を下ろした。

「直生、ありがとな」

莉生はそう言って、コーヒーの最後の一口を飲んでカップを置いた。

「いや、宮城のほうも助かってるはずだし、こちらこそ」

直生が、目を伏せたまま言う。

「お前、よくやってるな。あんなスター選手の信頼ちゃんと摑んで」

「地元が一緒ってだけで、別に俺がどうこうってわけじゃ――」

「そんなことないよ。今のお前だったら父さんも満足するんじゃないか。起業なんかしなくたって、いい仕事すればいいんだから」

そう言いながら、莉生はさらさらとした前髪をかき上げた。すると、再び額の傷痕が見えた。

「あのさ。今更なんだけど、その傷――」

「え？　ああ、これな」

莉生は気まずそうに、傷痕のあたりに触れる。

「まだ残ってたなんて知らなくて。悪かった、俺があのとき突き飛ばしたから」

「いや。あれは百パーセント俺が悪かったからな」

莉生は自分の膝に両肘をつき、おもむろに指を組んだ。悲し気に伏せた目線から、当時のことを回顧しているのがわかった。

「あのころは、人生でいちばん堕落《だらく》してた。彼女には合わせる顔がないよ。俺のせいで相当嫌な思いしただろうし」

「俺とあの人が一緒にいたとき、駅のマクドナルドの前で会ったの覚えてる？」

「え、そうだったっけ」

「覚えてないか。あのとき、私が支えてやるべきだって言ってたような気がする」

「え？」

「サッカーがうまくいかなくなってつらい思いをしてるんだったら、私が支えるべきだって。それで家《うち》まで会いに来たんじゃないかな」

視線を落とし、莉生は深いため息をついた。

「そんなこと聞いちゃったら、余計に罪悪感が湧いてくるよ」

「そうだよな、ごめん。でも兄貴のこと本当に好きだったと思う、あの人」

莉生は苦いものでも嚙んだように顔を歪めた。そして、ふっと照れ笑いを浮かべて、上目遣いで直生を見た。

「俺さぁ、気持ち悪いかもしれないけど——実は、あのバンダナまだ持ってるんだよ」

「え？　あの林間学校のときの？」

「ああ。約束したんだ。大人になってもずっと持ってるって」

「たしかにちょっと気持ち悪いな、それ」

「だろ。初恋の呪縛《じゅばく》」

「初恋だったの？　あんなにモテてたのに」

すると、莉生はぼんやりと宙を見つめながら言った。

「俺のほうはずっと大事に想い続けてるけど、多分向こうは俺のこと思い出したくもないんだろうな」

「まぁね。自業自得といえば、それまでだけど」

「わかってるよ」

「その傷って、治せないものなの？」

「治せるみたいだけど、俺なりに背負って生きていこうと思って」

「全然かっこついてないけどね、それ」

そうか、と言って、莉生は傷痕を手で押さえながら笑った。


ホテルを出て、最寄り駅から地下鉄に乗る。夕方のラッシュと重なってしまい、宮城から預かった詩と奏へのプレゼントの袋を胸の前で抱えた。宮城はメジャー球団との交渉で急に明日渡米することになり、「ほんとうは直接渡したかったんですけど」と残念がっていた。

そういえば、莉生も前に袋いっぱいのプレゼントを渡してきたことがあった。今もまだ持っているというバンダナの話を、ふと思い出す。あの兄にもそんな純粋な一面があったのかと、思わず頬が緩んだ。自分なんか、とっくの昔にどこかへやってしまったのに――。

あの人――美琴は、泣いていることのほうが多かったように思う。林間学校の夜も、電車の中でも泣いていた。でも、いつも泣いている人だという印象はなかった。彼女が泣くのは特別なことだと知っていた。自分だけがそれを見ているんだ、この人は自分の前だから泣けるんだと、なぜかわかっていた。

泣き顔ばかり見ていたのに、それでもどこか凛とした佇まいがあるように感じていたのは、単に先輩だからとか、兄の恋人だからというわけではなかった。彼女の持つ凛々しさは、時折見せてくれた笑顔からいつも発せられていた。富士山を見ることが叶わなかった日、駅に戻ろうとする彼女が見せてくれたのも凛々しい横顔だった。あのときの彼女は、決意に満ちた一歩をたしかに踏み出していた。

もう一度、会いたいと思う。

以前、同級生の幸太に促されて電話で話したときは、正直戸惑った。あまりにも久しぶりすぎて、何をどう話したらいいのかわからなかったし、多少照れ臭さもあったからだ。でも、記者を目指すきっかけを与えてくれた彼女が栞とも繫がっていたと知り、理屈では語ることのできない縁を感じる。彼女は、自分の「今」とこんなにも繫がっていた。そして、それを知った今こそが再会するに相応しい、絶好のタイミングに違いないと思った。

家に着くと、栞がキッチンで夕食の支度をしていた。

「本、届いてたよ」

テーブルにアマゾンの封筒が置いてあった。奏の障害がわかったころ講演を聴きにいった自閉症専門医の著書だ。新刊を出したとネットで知ったので、注文しておいたのだ。

「ありがとう。詩は？」

「部屋で宿題やってる」

宮城から預かったプレゼントの袋を持って、詩の部屋をノックする。中から「はい」と声がして、直生はドアをそっと開けた。

「勉強中ごめん。ちょっといい？」

勉強机の椅子に座ったまま、詩は体をこちらに向けた。袋から球団マスコットの虎のぬいぐるみを取り出し、詩に見せる。その虎は宮城の背番号入りユニフォームを着ているが、それを見ても詩は以前のように笑顔を浮かべなかった。

「宮城から。詩にプレゼントだって」

詩は座ったまま、受け取ろうかどうか迷っている。

「もうこのチームからいなくなっちゃうから、これが最後だってさ」

そう付け加えると、ようやく立ち上がっておもむろにぬいぐるみを受け取った。

「いつかアメリカに、宮城の応援に行こう。フロリダでキャンプやるかもしれないから、そうなったらフロリダのディズニーランドにも行ってみようよ」

詩は何も言わずにぬいぐるみを持ったまま、ベッドに座った。

直生は、詩の隣に腰かけた。

「でも、奏がいるし」

「大丈夫だよ。なんとかするから」

すると何かを思い出したように、詩がぱっと目を見開いた。

「この前ね、ユーチューブで観たんだけど、アメリカではみんなノープロブレムなんだって」

「え、どういうこと？」

「どんな人でも大丈夫なんだって。ネットで調べたら、体が不自由な人が野球を観るスペースもたくさんあって、奏みたいな人も球場で働いてるんだって」

「へぇ、すごいな。じゃあ、勉強のためにもそれを見に行かないと。奏が大人になったときに、日本でもそういうのが当たり前になってたらいいよな。ねぇ、見に行ってみようよ」

笑顔こそ見せないけれど、詩の表情は「前向きに検討する」という意思を表していた。

「じゃあ、ママに言っといて」

直生は笑いながら、「わかりました」と言った。

「パパが峻くんのこと書いたの、ママに読んでもらったよ。『シュキ』ってやつ」

詩は直生を見上げながら、静かに言った。

「そうか、ママ読んでくれたんだ。どうだった？」

「うーん、峻くんさぁ、大事なことはちゃんと言うてよね、って。私なんも知らんで、ただのアホやん！」

家ではほとんど方言を使わない詩が、関西弁で言った。学校では当たり前のように使いこなしているらしい。

「ホンマやなぁ。ヤキモチなんか焼いて、詩はただのアホやで！」

そう言って詩の脇腹をつねると、詩は声を上げて久しぶりに満面の笑みを見せた。

「そっちは、奏の？」

袋の膨らみを見て、詩が尋ねてくる。

「ああ、うん。奏も気に入ってくれるかな？」

「さぁ、どうやろなぁ」

詩は「マルちゃん、おるしなぁ」と言いながら意地悪な笑みを浮かべ、持っていたぬいぐるみを枕元に置き、再び勉強机に向かった。

「ちゃんとパパが渡さなきゃダメだよ」

直生に背を向けたまま、詩は言った。

「――うん、そうだよな。わかった」

ベッドから立ち上がり、宿題に取り掛かる詩の背中を見届け、部屋のドアを閉めた。袋を持って、リビングに戻る。

パズルをやっている奏と、向き合うようにして座った。

奏はパズルをものすごい勢いで完成させ、それをばらしてはまたパズルを完成させた。そして、ひたすら同じことを延々と繰り返している。相変わらず直生とは目を合わせず、ぶつぶつ独り言を呟くばかりだ。

奏のそばで、しばらくその様子を見守った。すると奏は直生の手元にあったプレゼントの袋を目ざとく発見し、手を伸ばして奪い取った。中からぬいぐるみを取り出し、両手で虎の耳を引っ張って凝視している。

そして、それを胸にぎゅっと抱きしめた。

「パパ、おしごと」

奏が小さく、そう呟いた。

「え？　今、『パパ、お仕事』って言った？」

質問しても、奏はもちろん何の反応もしない。

「そうだよ、これはパパがお仕事してる球団のマスコットだよ」

奏は、直生のほうを見ることもない。

しかし、「パパ、おしごと」と何度も繰り返した。

直生は奏の視界に無理やり入り込み、目を見開いて奏を見つめた。

「奏、偉いね、わかってたんだ。そう、これパパのお仕事だ。奏、ありがとう」

宮城の言葉を思い出し、何度も奏を褒めた。奏はぬいぐるみを抱きしめながら、まだ「パパ、おしごと」と繰り返している。

栞がいつも言っていることを、真似しているだけなのかもしれない。でも、目が合わないからといって心が繋がっていなかったわけではない——きっとそうだと、信じることができた。

「ありがとう」ともう一度言うと、奏が少しだけ自分を見てくれたように直生は感じた。

キッチンに立っていた栞がこちらを見て、口元を片方だけ上げて微笑んでいた。


文一に送ったメッセージは既読になってはいたものの、なかなか返信は来なかった。

宮城との渡米もあって忙しいのだろうと思っていると、十一月三週目の月曜の夜に電話がかかってきた。

「持田です。ずっと返信してなくてごめん。ちょっと立て込んでてね」

「いえ、こちらこそお忙しいところすみません。交渉がどうだったかは聞きませんよ。ちょっと別件なんです」

「ああ、メッセージ見たよ。佐々倉のことだよね」

「はい。あの、急なんですけど、ちょうど今週東京の本社に行く用事があって。もし都合がつけば、持田さんと佐々倉先輩と三人で会えたらなぁと思うんですが」

文一は、しばらく考えているようだった。

「わかった。いつなら時間あるの？」

「木曜の午後はずっとフリーです」

「じゃあ、夕方四時に表参道にあるスパイラルホールに来られる？」

「僕は大丈夫ですけど、佐々倉先輩の都合は聞かなくていいんですか？」

「うん、大丈夫。伝えておくから。じゃあ、四時に一階のカフェで」

そう言って、文一は電話を切った。

気配がして振り向くと、琹がちょうど風呂から出たところで、タオルで髪を乾かしながら冷蔵庫を開けていた。

「パパも何か飲む？」

「そうだね。何かあったかいものが飲みたいな」

「えー、ビールでも飲みたい気分だったんだけど」

「体冷えちゃうよ。あ、俺ミルクティー作ろうか?」

「それには勝てないや。お願いします」

スマートフォンをソファに置き、キッチンの棚からティーバッグを二つ取り出した。包装紙を取り外してマグカップに入れ、そこに沸かしたばかりの熱湯を少しだけ注ぎ、ラップをかけて三分待つ。

鍋に牛乳を入れ、少量の水と砂糖を加えて煮立たせた。沸騰したら火を止め、マグカップに注いでおいた湯とティーバッグをそのまま鍋に投入する。蓋をして、再び三分待った。菜箸でティーバッグを取り出してから、二つのマグカップに注ぐ。

ソファに座っている栞に片方のマグカップを渡し、隣に座った。

「美琴さんと会えそうなの?」

「うん、多分。あの感じじゃ調整してくれるんじゃないかな」

「誰が?」

「中学の先輩。たまたま宮城のエージェントやってて、仕事で会った」

「いいな。私も美琴さんに会いたい」

「奏の事情を話して、もし大阪に来ることがあったらそのときに時間作ってもらおうよ」

「うん、そうだね。そうしてもらえたら嬉しい」

直生はスマートフォンを手に取り、木曜の正午前の新幹線をアプリで予約した。

新幹線に乗るときは、いつも二人掛けの窓側の席を選ぶ。富士山を見るためだ。でも、この日乗った「のぞみ」にはもう空きがなかった。仕方なく、反対側の窓側席を予約していた。

表参道駅に行くには品川駅で降りたほうが乗り換えは楽だが、直生は東京駅まで行ってJR中央線に乗った。神田、御茶ノ水を通り過ぎ、四ツ谷駅で電車を降りる。

あのとき——大学時代のあの日に美琴と待ち合わせしたのは、たしか駅の改札を出て横断歩道を渡ったところにあったチェーンのコーヒーショップだった。そこに行っても何の意味もないことはわかっていたけれど、本人に会う前に少しでも記憶を呼び起こしておきたかった。記者という仕事に出会えたきっかけをくれた、あの瞬間を取り戻しておきたかった。

しかし、コーヒーショップはもうそこにはなく、代わりに高層のオフィスビルが聳《そび》え立っていた。東京のほかのエリアに比べれば、このあたりはまだ古い雑居ビルが残っているほうなのかもしれない。でも、今後はこの街からも、当時の二人を目撃したであろう建物がどんどん消えていくのだろう。

東京メトロ丸ノ内線に乗り、赤坂見附駅で銀座線に乗り換えて、表参道駅を目指す。

約束の時間より三十分も早くスパイラルホールのカフェに到着したが、文一はすでにそこでパソコンを開いて仕事をしていた。

「早かったね」

「はい、ちょっと寄りたい店があって。でも、もうなくなってました」

「東京は移り変わりが早いからね。渋谷なんて、行き慣れた僕でも毎回迷子になりそうだよ」

着替えの入った大きめのバッグを脇に置き、文一の向かいに座った。水を持ってきた店員にホットコーヒーを注文する。

「詳しいことはまだ言えないけど、宮城くんの交渉は順調に進んでるよ」

「そうですか、よかったです」

「いいチームに、それなりにいい条件で入れると思う」

現地の報道では、東海岸のチームが高く評価してくれているということだった。東海岸はメジャーリーグでも特に激戦区なので、もしそこに決まれば宮城の望み通り、優斗は宮城がボロボロに打たれて這い上がる姿を見られるかもしれない。

「羽田からも直行便があって行きやすいエリアだよ。まぁでも、プロ野球の取材をしているとなかなか行けないよね」

「宮城がメジャー二年目までもってくれたら、行けると思います」

「というと?」

「来年の年末に退職しようと思って。妻にも話しました」

文一は目を見開いたが、すぐにふっと頬を緩めた。

「そう。いいと思うよ。一度しかない人生だからね。ほかの誰のものでもない、月ヶ瀬くんの人生なんだから。誰が何と言おうと」

「まぁ、負け戦になるかもしれないですけど」

「ちゃんと決断できた時点で、もう自分に勝ってるじゃない。それでいいんだよ」

コーヒーを飲みながら談笑しているうちに、約束の四時になった。あたりを見回しても、それらしい姿は現れない。

「あの、佐々倉先輩もここに来るんですか？」

直生が尋ねると、文一は一瞬だけ間を置いて、言った。

「奥にいるよ」

振り返って、カフェの奥に目を遣る。そこはギャラリーになっていて、大きな写真のパネルがいくつか飾られていた。

「写真展ですか？　佐々倉先輩も来てるんですか？」

文一はパソコンを閉じ、その上でおもむろに指を組んだ。

そして、直生の目をまっすぐ見つめて口を開いた。

「佐々倉は、二週間前に亡くなった」

その言葉が耳の奥に届いて意味を持つまで、少し時間が必要だった。

「ちょうどこの前、君がメッセージを送ってくれた日に意識がなくなって、その二日後だったよ。実は七月末からずっとホスピスにいてね。遠くに富士山の見える部屋だった」

二人で芝生に座って、バナナを食べたことを思い出した。そのあと、二人で朝焼けに染まる富士山を見た。さっきまで泣いていたのに、彼女はもう笑っていた。その顔が実にありありと蘇った。

「伝えてなくてごめん。誰にも言わない約束だったんだ。君が書いたタイガース優勝の記事を嬉しそうに読んでたよ。それと――」

直生はただ、しっかりと組まれた文一の指を見つめていた。

「彼女は最後まで、凜々しく生きていた」

決意に満ちた、あの日の横顔が思い出される。

これから先、その顔をどこかで偶然見かけることも、チェーンのコーヒーショップで待ち合わせして会うことも、いつかのようにお互いの将来について話すことも、励ますために肩や手に触れることも、もう二度と叶うことはないという現実を、あのとき電話で話したのが最後の会話になったという現実を、どうにか受け入れる術を探す。

「見ておいでよ。佐々倉の作品」

文一に促され、直生は黙ったままゆっくりと立ち上がった。

ギャラリーに繋がる短い階段のほうへと歩いていく。現実感がないまま、重たい脚をなんとか持ち上げて階段を上った。どこからともなく、オルゴールで奏でられたビートルズの『レット・イット・ビー』が聴こえてくる。

写真が並ぶ空間に入っていくと、インクのような濃い匂いが鼻先をつんと刺激した。

異国の工場で、忙しそうに働く女性たちの写真がある。その隣には、荒れ果てた戦場で涙を流す男性の写真。あの写真集に掲載されていた、窓から顔を出す男の子の笑顔もあった。嚙みしめるように、その一つ一つに視線を移していく。

そして、壁のいちばん奥に目をやった。

朝焼けに照らされ、うっすらと赤みがかった富士山。まもなく山頂に鋭い金色の朝日が差し込み、それと同時に新たな一日が始まる。その直前の一瞬を切り取ったような、あの写真だった。会社のロビーに飾られているのと、まったく同じだった。

「これは、佐々倉の最高傑作だね」

歩いてきた文一が、すぐ後ろで直生に語り掛ける。

「撮ったのはたしか病気が発覚した直後だったと思う。いかにもジャーナリストらしいでっかいカメラを持って、どうしても朝霧高原に連れていってほしいって。朝まで付き合わされたよ」

文一は少しずつ直生から離れ、カフェのほうへと戻っていった。

心が再び、写真の中へと引き込まれていく。

呼吸がすっと体の奥まで入っていって、安堵に満ちたようなぬくもりに心地よさを覚えた。

オルゴールの旋律が、まだ続いている。

直生は、小さく呟いた。

——おはよう。

エピローグ

年末も押し迫った土曜日の朝、文一は書類を取りに事務所に立ち寄った。厳重に施錠された入口のドアを開け、誰もいないオフィスに入っていく。

デスクの引き出しを開けると、想定通りブルーの厚いファイルが入っていた。月曜の朝いちばんにアポを入れたクライアントに渡す予定だったのに、昨日うっかり持ち帰るのを忘れてしまったのだ。

いつも忘れ物なんかしないのに、疲れているのかな――と、つい苦笑いがこぼれる。

鞄に入れようと、引き出しからファイルを取り出した。すると、その下にB5サイズの茶封筒があった。何気なく手に取って、ひっくり返して裏面を見てみる。長いあいだ封がされていたテープの端が、少し黒ずんでいた。

意識が朦朧《もうろう》とする中、美琴は文一に「任せる」と言った。それは、この封筒のことだった。封を開けたのは、つい数日前のことだ。中身は二つ折りになった一枚のルーズリーフで、そこに綴られていた手書きの文章を読んで文一は少し拍子抜けした。

中身を取り出し、再び文面に目を走らせる。
《ミリオンラバーズ　ともこさんへ
※わたしの代わりに伝えてください、お願い！
あの日、わたしを救ってくれて本当にありがとう。
これからは、凜々しく、かっこよく生きていくことを誓います。
だから、君ももう我慢しないで。
人の目なんか気にせず、サッカーでもなんでも、自分の好きなことをやってください。
できたら、また二人で会いたいです。
今度は、富士山が見える日にしようね。
ラジオネーム　ツキヨミ》

どう処理すべきか迷っていたが、今日は頭が冴えているのか、読んだ瞬間に心が決まった。棚に置いてあるプラスチックの小さな引き出しから、ファクスのカバー用紙を取り出す。ペンを手に取り、宛先欄に「現日スポーツ　月ヶ瀬直生様」と書いた。

スマートフォンのアプリを起動させ、直生の名刺を探した。カバー用紙とルーズリーフをファクスの送信トレイにセットしてから、名刺に書かれている番号をプッシュする。裁判所や検察庁はまだまだアナログな世界なので、弁護士事務所ではファクスを使うことが今でもよくある。慣れたものだ。

送信ボタンを押したあと、直生の勤務先に電話をかけた。休日の朝だから誰も出ないかと思ったが、二コール目で男性が応答した。たった今ファクスを送ったこと、それを速やかに直生に渡してほしいことを伝えて電話を切った。

事務所を出て、坂道を下り切ったところでタクシーを拾う。

スマートフォンで静岡までのチケットを予約し、八時三十四分品川駅発の「こだま」に乗った。新大阪まで行くときはいつもグリーン車だが、静岡には一時間ほどで到着するので普通席しかとったことがない。「こだま」は指定席の車両が少なくて窓側が満席だったので、今回は自由席を選んだ。

席に座ってネットのニュースを見ているうちに、新横浜駅に到着した。前の扉から数名の乗客が入ってくる。

その中に、実穂の姿を見つけた。

文一は思わず腰を浮かせ、彼女を呼び止めた。実穂は驚いた表情で文一を見た。

「実穂さんもこの新幹線でしたか」

「はい、なんとか間に合いました」

彼女は、そう言って微笑んだ。

「よかったら」

通路に出て、自分が座っていた窓側の席を実穂に勧める。

「この席なら富士山が見えますよ。いつもより大きく」

実穂はぱっと笑顔になって、「すみません、じゃあ遠慮なく」と窓側の席に腰かけた。彼女とは、行き先が同じなのだ。

車窓の向こうに流れていた建物の数々が、田畑の景色に変わっていく。すると、実穂がぽつりと呟いた。

「早いですよね、もう四十九日なんて」

「あっという間ですね。佐々倉、ちゃんと成仏できたのかな」

「できたと思いますよ」

実穂は静かに、でも、確信をもって言った。

小田原駅が近づくにつれ、トンネルが増えてきた。窓の景色がないぶん、沈黙が重い。間を埋めようと、文一は地元の話をした。美琴と文一が生まれ育った清水はもともと区ではなくて市だったとか、『ちびまる子ちゃん』によく出てくる川は実在していて、自分の実家はその川沿いにあるとか、たわいもない話で時間を繋ぐ。

すると、楽しそうに頷いていた実穂が、ふと何かを思い出したような表情をした。

「無念だと思われたくないって、言ってました」

「佐々倉が？」

「はい。誰かが若くして亡くなると、無念だと言う人が必ずいる。でも、私は人生を思う存分生きて、生き切ったから、無念だなんて言われたくないって」

「そうですか。安心しました。ちょっと心配してたんです」

「え？」

「大切な人から掛けられた言葉に縛られたせいで、不幸な道を辿ったんじゃないかって。でも、そう言えたんだったら、そうではなかったんでしょうね」

「むしろ、その人の言葉のおかげで、そこまで言える人生を送れたのかもしれないですね」

もはや完敗だったんだな——と、文一は思った。

「私も、そんなふうに言える人生を歩みたいです」

「ですね。僕もです」

新幹線は、熱海付近の長いトンネルを通り抜けた。三島駅を過ぎれば、まもなく右手に富士山が見えてくる。

「もしよかったら、法要のあとにちょっとだけお散歩でもしませんか？」

実穂が突然、囁くように言った。思わず彼女のほうを見る。

「お二人が育った町を見てみたいんです」

彼女は、とても優しい目をしていた。

「ああ、はい……何の変哲《へんてつ》もない、ただの田舎町ですけど」

冷たい返しだったかなと、少しだけ後悔した。

「ぜひ連れていってください」

笑顔でそう言うと、彼女は再び車窓に視線を移した。長い黒髪が、はらりと肩から落ちる。

暖房の暑さのせいか、額にうっすらと汗が滲むのを感じた。

上着のポケットに手を入れてハンカチを探したが、そこにハンカチはなく、代わりに硬いものが指をコツンと突いた。

それは直生から預かった、美琴のデジタルカメラだった。

【参考文献】

『自閉症の息子をめぐる大変だけどフツーの日々』梅崎正直著（中央公論新社）

『自閉症スペクトラムの子育て　幼児期の「どうしたらいいの？」をサポート』細井晴代著（ぶどう社）

『ASD、ADHD、LD　入園・入学前までに気づいて支援する本』宮尾益知監修（河出書房新社）

『シンママのはじめて育児は自閉症の子でした』まる著・岡田俊監修（KADOKAWA）

『ママと呼べない君と　自閉症の息子「えぬくん」との、もうアカン！けどしあわせな日常』えぬくんママ著（KADOKAWA）

【監修】

今井忠（特定非営利活動法人 東京都自閉症協会）

岡田真理（おかだ・まり）

1978年静岡県生まれ、立教大学文学部卒業。プロアスリートのマネージャーを経てフリーランスライターに転身。約15年にわたってプロ野球を中心に様々なスポーツの現場を取材。2023年に脚本家デビューし、TBSテレビ「私がヒモを飼うなんて」やABCテレビ・テレビ朝日「セレブ男子は手に負えません」など連続テレビドラマの脚本を担当。執筆活動のほか、公益財団法人全日本軟式野球連盟などのスポーツ団体に理事として関わり、自らもスポーツを通じて社会課題を解決するNPO法人を運営している。2024年、デビュー小説『ぬくもりの旋律』を上梓。

ぬくもりの旋律《せんりつ》

二〇二四年六月二〇日　初版印刷
二〇二四年六月三〇日　初版発行

著　者　岡田真理
発行者　小野寺優
発行所　株式会社河出書房新社
〒一六二-八五四四　東京都新宿区東五軒町二-一三
電話　〇三-三四〇四-一二〇一［営業］
〇三-三四〇四-八六一一［編集］
https://www.kawade.co.jp/

ブックデザイン　岡本歌織（next door design）
装　画　わじまやさほ
組　版　KAWADE DTP WORKS
印　刷　株式会社暁印刷
製　本　小泉製本株式会社

Printed in Japan　ISBN978-4-309-03191-0

無限の正義

中村啓

娘が人を殺した。父親は……警察官だった。家族を守る。それに勝る「正義」はあるのか？　罪が罪を呼ぶ。ドラマ『パンドラの果実』の原作者が贈る、怒濤のエンターテインメント大作！

夢分けの船

津原泰水

映画音楽の勉強のため四国から上京してきた修文。幽霊が出ると噂される風月荘704号室を舞台に、「音楽」という夢の船に乗り合わせた人が奏でる、切なくも美しい、著者最後の青春小説。

灰の劇場

恩田陸

始まりは、「私」が小説家としてデビューしたばかりの頃に偶然目にした「三面記事」だった。十数年後、「私」がその記事を手にしたことで「物語」は動き出す……。〝事実に基づく物語〟、開幕。（河出文庫）